Ich schenk dir eine
Geschichte 2020

# Welttag des Buches 2020

Wir danken den Buchhandlungen,
die mit ihrem Einsatz dieses Buch und
den Welttag unterstützen, und dem
Börsenverein des Deutschen Buchhandels
als Mitinitiator der Aktion »Ich schenk
dir eine Geschichte«.

Weiterhin danken wir den Kultus-
und Bildungsministerien der Länder
für ihr Engagement im Rahmen
der Buchgutschein-Aktion.

Nicht zuletzt gilt unser Dank
folgenden Firmen, mit deren freundlicher
Unterstützung dieses Buch ermöglicht
wurde:

Holmen Paper AB, Norrköping/Schweden
und Papier Union GmbH, Hamburg,
METSÄ GROUP, Metsä/Finnland

Das Buch wurde gedruckt auf:
Holmen Book Cream 60 g/m$^2$, 2,0-fach
(Inhaltspapier)
Polarcard FSC 235 g/m$^2$
(Umschlagpapier)

Uhl + Massopust, Aalen
(Satz und Repro Innenteil)

RMO Druck GmbH, München
(Umschlagrepro)

GGP Media GmbH, Pößneck
(Druck/Bindung)

VVA – Arvato Media GmbH, Gütersloh
(Auslieferung)

# Ich schenk dir eine Geschichte 2020

Sven Gerhardt

## Abenteuer in der Megaworld

Mit Illustrationen von Timo Grubing

Herausgegeben von
der Stiftung Lesen
in Zusammenarbeit
mit der Verlagsgruppe
Random House,
der Deutschen Post
und dem ZDF

cbj

Sollte diese Publikation Links auf Webseiten Dritter enthalten, so übernehmen wir für deren Inhalte keine Haftung, da wir uns diese nicht zu eigen machen, sondern lediglich auf deren Stand zum Zeitpunkt der Erstveröffentlichung verweisen.

Bei diesem Buch wurden die durch das verwendete Material und die Produktion entstandenen $CO_2$-Emissionen ausgeglichen, indem der cbj-Verlag ein Projekt zur Aufforstung in Brasilien unterstützt.
Weitere Informationen zu dem Projekt unter:
www.ClimatePartner.com/14044-1912-1001

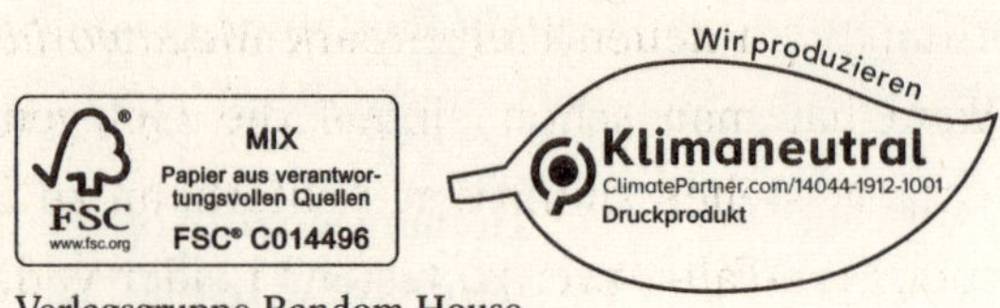


Verlagsgruppe Random House
FSC® N001967

Einmalige Sonderausgabe April 2020
© 2020 cbj Kinder- und Jugendbuchverlag
In der Verlagsgruppe Random House GmbH,
Neumarkter Str. 28, 81673 München
Alle Rechte vorbehalten
Umschlag- und Innenillustrationen: Timo Grubing
Umschlaggestaltung: Kathrin Schüler, Berlin
aw · Herstellung: AS
Satz: Uhl + Massopust, Aalen
Druck: GGP Media GmbH, Pößneck
ISBN 978-3-570-17725-9
Printed in Germany

www.cbj-verlag.de

# Vorwort

Flora, Vicky, Magnus und Mithat können es kaum glauben: Sie haben alle vier bei einem Preisausschreiben gewonnen und dürfen exklusiv vor der offiziellen Eröffnung den neuen Freizeitpark *Megaworld* besuchen. Wann hat man schon einmal die Gelegenheit, ohne Schlange stehen zu müssen, Achterbahn zu fahren oder einen Free-Fall-Tower zu testen? Leider verläuft der ersehnte Ausflug nicht so wie erhofft, weil dabei einiges schiefgeht und manche Attraktionen nicht richtig funktionieren. Das macht es dem Kamerateam, das die Kinder begleitet, natürlich auch nicht leicht, den geplanten Werbefilm für den Freizeitpark zu drehen. Trotz der Pannen lassen sich Flora, Vicky, Magnus und Mithat nicht entmutigen und begeben sich auf die Wildwasserbahn *Aqua-Labyrinth*. Während der Fahrt bleibt das Boot jedoch stecken und alle Lichter gehen aus. Werden sie es gemeinsam schaffen, einen Weg nach draußen zu finden?

Bücher entführen in fremde Welten, bringen einen auf neue Gedanken und erweitern den Horizont. Sie enthalten Weltwissen, das jedem offensteht, der liest. Um Bücher und das Lesen zu feiern, hat die UNESCO, die Organisation der Vereinten Nationen für Bildung, Wissenschaft, Kultur und Kommunikation, 1995 einen weltweiten Feiertag ins Leben gerufen – den Welttag des Buches am 23. April. An diesem Tag sind Menschen in der ganzen Welt aufgerufen, Bücher zu verschenken.

Aus diesem Grund haben über eine Million Schülerinnen und Schüler in Deutschland genau wie du einen Gutschein erhalten, um diesen in der Buchhandlung gegen das diesjährige Welttagsbuch »Abenteuer in der Megaworld« einzutauschen. Exklusiv für den Welttag des Buches am 23. April haben Autor Sven Gerhardt und Illustrator Timo Grubing dieses in zwei Versionen verfasst: als Roman und als Comic. Großer Dank gilt den teilnehmenden Buchhandlungen und Lehrkräften, die sich dafür eingesetzt haben, dass du jetzt dein persönliches Exemplar in den Händen hältst.

Jetzt aber nichts wie los ins Freizeitpark-Abenteuer.
Viel Spaß dabei wünschen euch

Susanne Krebs
Verlagsleiterin cbj Verlag

Dr. Frank Appel
Vorstandsvorsitzender der Deutschen Post AG

Dr. Jörg F. Maas
Hauptgeschäftsführer der Stiftung Lesen

Thomas Bellut
Intendant des ZDF

*Kapitel 1*

# Erfreuliche Nachrichten

»Post für dich!«

Diesen Satz hörte man an einem sonnigen Apriltag fast zeitgleich an vier verschiedenen Orten Deutschlands. Jedes Mal folgte darauf ein völlig begeistertes Jubeln. Die glücklichen Empfänger kannten einander nicht, aber das sollte sich schon sehr bald ändern.

»Juhu! Ich fasse es nicht!«, schrie Magnus begeistert, als er den Briefumschlag mit dem Logo des Megaworld-Freizeitparks öffnete und die geschriebenen Zeilen mit klopfendem Herzen überflog. »Hammer – das ist der Hauptgewinn!«

Mit einem lässigen Parkour-Sprung schwang er sich über den Wohnzimmersessel und ließ sich aufs Sofa fallen. Dann las er die Zeilen erneut und bekam das breite Grinsen gar nicht mehr aus seinem Gesicht. Vor einiger Zeit hatte er bei dem Gewinnspiel des neuen, ultramodernen Freizeitparks mitgemacht, der in zwei Wochen eröffnet werden sollte. Er hatte gar nicht mehr daran

gedacht, denn bei einem Gewinnspiel zu gewinnen, war fast so unwahrscheinlich wie Schnee in der Sahara. Nun hatte ihn das Glück jedoch getroffen und das fühlte sich ziemlich cool an. Vor allem, weil der Preis etwas ganz Besonderes war. Gemeinsam mit einer erwachsenen Begleitperson würde er exklusiv einen Tag vor der offiziellen Eröffnung der Megaworld alle Attraktionen des Parks ausprobieren können – inklusive All-you-can-eat-Verpflegung und eines 50-Euro-Gutscheins für den Megaworld-Shop.

»Ich nehm *dich* mit!«, sagte Magnus zu seinem Vater, der gerade dabei war, sich durch einen Schwung Unterlagen zu arbeiten, die er mit der Post geschickt bekommen hatte. Um ihn herum lagen dicke Ordner auf dem Esszimmertisch verstreut, und er war so konzentriert auf seine Arbeit, dass er nicht auf seinen Sohn reagierte.

Magnus sprang daher wieder über den Sessel und hielt seinem Vater den Brief direkt vor die Nase. »Hier, sieh dir das an – wir fahren gemeinsam zur Megaworld!«

An den drei anderen Orten spielten sich ähnliche Szenen ab. Flora, Mithat und Vicky hatten ebenfalls am Gewinnspiel der Megaworld teilgenommen und waren nun genauso wie Magnus eingeladen, den Freizeitpark zu testen.

Dass der Park die modernsten und coolsten Attraktionen des Landes haben würde, war allen vier klar. Deshalb war die Freude über den Gewinn riesig, und die Kinder konnten es kaum erwarten, in die 4-D-Welt von *Magic-Mystery* einzutauchen oder bei rasendem Tempo im *Speed-Coaster* zu sitzen. Das absolute Highlight war jedoch das *Aqua-Labyrinth*. Zumindest hörte sich die Beschreibung dieser Wildwasserbahn in der dem Brief beigelegten Infobroschüre unglaublich spannend an. Auch die abgedruckten Fotos sahen ziemlich spektakulär aus.

Nur Floras Freude über den Gewinn wurde zunächst etwas getrübt. Ihre alleinerziehende Mutter hatte an dem Tag, an dem die Aktion stattfinden sollte, einen wichtigen Termin. Diesen zu verlegen, würde ziemlich kompliziert sein. Aber nach endlosem Betteln ihrer Tochter und ein paar unangenehmen Telefonaten konnte sie es schließlich doch einrichten.

In Mithats Vorfreude mischte sich auch ein bisschen Angst. In dem Brief stand nämlich, dass drei weitere Kinder ebenfalls die Megaworld testen würden und dass das Ganze auch noch von einem Kamerateam begleitet werden sollte. Die würden einen Videoclip drehen, der dann im Internet für den Park werben sollte. Die Sache mit dem Film war das kleinere Problem. Aber einen ganzen Tag mit drei fremden Kindern zu verbringen, sorgte für ein mulmiges Gefühl in Mithats Magen. Er hatte schon immer Schwierigkeiten damit gehabt, sich mit anderen anzufreunden. Es bereitete ihm jetzt schon Kopfschmerzen, dass er am Ende des Sommers zum Wechsel in die 5. Klasse auf eine neue Schule gehen würde. Am liebsten hätte er die Megaworld ganz alleine mit seiner Mutter besucht, aber das funktionierte ja leider nicht. Er versuchte das mulmige Gefühl beiseitezuschieben und sich voll und ganz auf die Vorfreude zu konzentrieren.

Vicky hingegen war total begeistert. Sie liebte alles, was mit moderner Technik zu tun hatte, und die Megaworld hatte da einiges zu bieten. Die Möglichkeit zu haben, die Attraktionen in aller Ruhe testen und sich alles ganz genau anschauen zu können, war für sie unfassbar cool. Bestimmt würde sie neben all dem Spaß noch eine Menge lernen. Und dabei würden sie drei andere Kinder, die sie vorher noch nie gesehen hatte und die sie auch danach vermutlich nie wiedersehen würde, ganz bestimmt nicht stören.

Der große Tag rückte immer näher und die Vorfreude und die Aufregung stiegen von Tag zu Tag an. Dass die vier Kinder gemeinsam in der Megaworld ein unglaubliches und unvergessliches Abenteuer erleben würden, konnte zu diesem Zeitpunkt noch keiner von ihnen ahnen.

*Kapitel 2*

# Ankunft in der Megaworld

»Herzlich willkommen in der Megaworld!«, verkündete eine kleine, rundliche Frau in knallrotem Hosenanzug. Sie trug eine übergroße Sonnenbrille, die sie ein wenig wie ein lustiges Insekt aussehen ließ, und ihre grauen Haare standen in wilden Locken von ihrem Kopf ab. Ihr breites Lächeln erinnerte an eine Zahnpastawerbung.

»Ich bin Carla Bernardo und begrüße euch in meinem supermodernen Vergnügungspark – mit den besten Attraktionen im ganzen Land!«

Sie breitete ihre Arme aus, als wollte sie die ganze Welt umarmen. Dann hüpfte sie mit einer eleganten Drehung von einem kleinen Podest, auf dem sie direkt vor dem Eingang der Megaworld gestanden hatte, damit man sie besser sehen konnte. Das große Eingangstor leuchtete und glitzerte in allen Farben und machte direkt klar, wohin es führen würde: in eine Welt voller Effekte, Simulationen und der modernsten und atemberaubendsten Fahrgeschäfte.

Magnus, Flora, Mithat und Vicky waren sich wenige Minuten zuvor schon auf dem riesigen Parkplatz begegnet, der sich noch gähnend leer neben den großen Mauern der Megaworld befand. Magnus und Vicky wurden von ihren Vätern begleitet, Mithat und Flora waren mit ihren Müttern gekommen. Die Erwachsenen hatten einander höflich begrüßt, doch die Kinder hatten noch kein einziges Wort miteinander gewechselt. Stattdessen hatten sie sich gegenseitig unauffällig beobachtet. Und nun standen sie also vor Carla Bernardo, die noch viel aufgeregter zu sein schien als sie selbst.

»Ich freue mich so, euch kennenzulernen!«, säuselte sie und gab allen die Hand. »Prima, es scheint so zu sein, als wärt ihr alle ungefähr in einem Alter – mal abgesehen von euren Eltern.« Sie lachte als Einzige über ihren kleinen Scherz und deutete dann auf zwei Personen, die bis dahin unscheinbar im Hintergrund gestanden hatten. »Darf ich vorstellen – das ist unser Filmteam: Reporterin Tina und Kameramann Harry!«

»Hardy«, korrigierte sie der schlaksige Mann, der mindestens zwei Köpfe größer war als Carla Bernardo und riesige Taschen voller technischer Ausrüstung mit sich trug.

»Ja – wie dem auch sei«, fuhr diese fort. »Die beiden werden euch heute in der Megaworld begleiten und Aufnahmen von euren phänomenalen Erlebnissen machen. Den Film veröffentlichen wir anschließend im Internet: die perfekte Werbung für den Park!« Sie räusperte sich kurz und wandte sich dann an die Eltern. »Wenn Sie dafür bitte noch dieses Formular unterschreiben würden – Sie wissen schon, Datenschutz und so.«

»Wann können wir denn endlich rein?«, fragte Magnus und erntete dafür einen strengen Blick seines Vaters.

»Na, jetzt!«, antwortete Carla Bernardo und grinste noch breiter als zuvor. Sie zog eine Fernbedienung aus ihrer Hosentasche und drückte mit übertriebener Bewegung auf einen roten Knopf. Musik erschallte mit dröhnendem Bass und gleichzeitig stieg künstlicher Nebel empor. Das schwere Eingangstor ging zischend auf und öffnete den Blick in den Park.

Hardy nahm das Spektakel mit seiner Kamera auf. Besser gesagt, er versuchte es. Offensichtlich hatte er Probleme beim Aufstellen des Stativs. Erst als Tina ihn mit geschickten Handgriffen unterstützte, konnte die Aufnahme beginnen. Da drückte Carla Bernardo allerdings schon sichtlich stolz auf einen zweiten Knopf ihrer Fernbedienung und ein Feuerwerk erschien über den Kindern und ihren Begleitern.

»Und nun…«, schrie sie förmlich und reckte die Hände zum Himmel, »habt Spaaaaaß!«

Die Erwachsenen sahen sich irritiert an und zuckten schließlich mit den Schultern.

»Ich bin übrigens Vicky, und wie heißt ihr?«, durchbrach Vicky die Stille zwischen den Kindern, als sie durch das bunt beleuchtete Tor geschritten waren und auf einem großen Platz im Eingangsbereich standen. Sie rückte ihre Brille zurecht und schaute die anderen erwartungsvoll an.

»Ich bin Magnus.«

»Ich heiße Florentine, aber alle nennen mich Flora.«

»Mithat.«

Vicky hatte Mithats dünne Stimme nicht richtig verstanden. »Wie? Mirad?«

»Mithat«, wiederholte er etwas lauter und wurde knallrot dabei.

Magnus verdrehte die Augen. Er hatte gehofft, dass noch andere coole Jungs bei den Gewinnern dabei sein würden. Aber der Typ neben ihm, der einen Kopf wie eine Tomate hatte und eine ganze Ecke kleiner war als er selbst, entsprach nun wirklich nicht seiner Vorstellung.

Der Park schien auf den ersten Blick wie ausgestorben. Klar, immerhin waren sie ja heute die einzigen Besucher. Links von ihnen befand sich jedoch ein Café, in dem man etliche Mitarbeiter hinter der Theke sehen konnte.

»Alle Angebote stehen euch offen!«, sagte Carla Bernardo. »Der Park ist in vollem Betrieb. Jedes Café, jedes Restaurant, ja sogar jedes Toilettenhäuschen ist für euch geöffnet!«

Das hörten die Erwachsenen gerne. Das schicke Café war ihnen sofort aufgefallen und sie tuschelten schon eifrig miteinander.

»Wir haben gerade überlegt, ob ihr nicht erst mal ohne uns losziehen wollt«, sagte Floras Mutter, die mit ihren Stöckelschuhen ohnehin nicht das richtige Schuhwerk für einen Gang durch den Freizeitpark trug.

»Klar – kein Problem!«, meinte Magnus und sah Flora, Vicky und Mithat an.

Als die nicht widersprachen, versicherte Carla Bernardo den Eltern noch, dass die Kinder alt genug für alle Attraktionen seien. Die Erwachsenen ließen sich das nicht zweimal sagen, verabschiedeten sich von ihren Kindern und steuerten den gemütlichen Sofabereich des Cafés an, wo ihnen auch schon der Duft von Latte macchiato und frischem Gebäck entgegenwehte.

Carla Bernardo überreichte den Kindern Lagepläne des Parks und vier knallrote Baseballmützen mit Megaworld-Logo. »Das sieht auf dem Video bestimmt toll aus, wenn ihr die Kappen aufhabt«, sagte sie und wünschte den Kindern viel Spaß. Sie würde zwischendurch mal nach ihnen schauen und sich erkundigen, ob sie mit den Attraktionen zufrieden seien.

»Das Ding hier setz ich ganz sicher nicht auf«, protestierte Magnus, als Carla Bernardo außer Sichtweite war. Er legte die Mütze auf einen Tisch im Außenbereich des Cafés. Florentine, die Angst um ihre Frisur hatte, tat es ihm gleich. Vicky hingegen packte sie in ihren Rucksack, und nur Mithat setzte sie auf, so wie es die Parkbesitzerin gewünscht hatte.

»Steht dir! … Nicht!«, witzelte Magnus und warf anschließend einen Blick auf den Lageplan. »Los, da vorne geht's zum *Magic-Mystery*-Kino.«

*Kapitel 3*

# Mysteriös, mysteriös …

Das *Magic-Mystery* war kein gewöhnliches Kino, sondern ein begehbares 4-D-Kino. Nachdem die Kinder durch eine Schleuse gegangen waren, die an den Sicherheitsbereich eines Flughafens erinnerte, standen sie in einem Raum, in dem sie eine verzerrte Computerstimme begrüßte.

»Willkommen in der mysteriösen Welt von *Magic-Mystery*! Hier ist nichts, wie es scheint, und nicht alles, was scheint, ist.«

Vicky musste schmunzeln. »Klingt ja sehr tiefgründig.«

»Ist es auch«, antwortete die Computerstimme zu Vickys Überraschung.

»Cool – artificial intelligence!«, rief sie begeistert, und Magnus starrte sie fragend an.

»Arti-was?«

»Na, künstliche Intelligenz. Der Computer versteht uns und reagiert darauf.« Vickys Augen glänzten.

»Ganz genau, junge Dame«, bestätigte die Computerstimme. »Mein Name ist Lumina und ich werde euch durch meine Welt führen.«

Eine weitere Schleuse öffnete sich, und die Kinder stiegen auf ein Förderband, das in eine tunnelartige Röhre führte. Diese Röhre bestand aus riesigen LED-Bildschirmen, die zunächst einen zauberhaften Wald zeigten. Von allen Seiten hörte man ein mysteriöses Surren und Klimpern und vom Boden stieg plötzlich kalter Nebel auf. Grelle Lichtscheine zischten durch den Tunnel, und im Wald tauchten Fabelwesen auf, die täuschend echt aussahen und auf sie zuzukommen schienen.

»Krasse Sache!«, staunte Vicky. »Wie bekommen die das nur hin? Ich meine, wir tragen ja nicht mal 3-D-Brillen. Das muss eine völlig neue Technik sein, die die hier verwenden.«

Magnus, Flora und Mithat schienen ebenfalls sehr beeindruckt. Mit offenen Mündern starrten sie in den Tunnel, duckten sich, als über ihnen ein Einhorn durch die Luft flog, und schrien auf, als ein Feuer speiender Drache wenige Zentimeter neben ihnen herzulaufen schien.

Selbst Tina war begeistert. »Hast du das alles drauf?«, rief sie Hardy zu, der hinter ihr auf dem Förderband stand und nur mit Mühe das Gleichgewicht halten konnte. Als das Einhorn über seinen Kopf hinwegflog, stolperte er vor Schreck und konnte im letzten Moment gerade noch von Tina aufgefangen werden.

»Na, das kann ja heiter werden«, brummte sie und ärgerte sich darüber, dass ihr Chef ihr Hardy als Kamera-

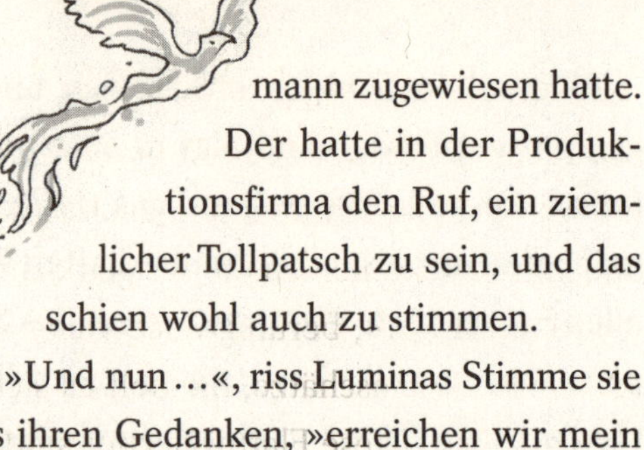

mann zugewiesen hatte.
Der hatte in der Produktionsfirma den Ruf, ein ziemlicher Tollpatsch zu sein, und das schien wohl auch zu stimmen.

»Und nun …«, riss Luminas Stimme sie aus ihren Gedanken, »erreichen wir mein Zauberschloss!«

»Och nö«, beschwerte sich Magnus. »Nicht jetzt noch so ein Prinzessinnen-Kram …«

Flora musste lachen. Magnus schien wirklich zu allem einen blöden Spruch parat zu haben.

»Prinzessinnen gibt es hier nicht!«, zischte Lumina. »Aber dafür …«

Die Lichter erloschen und die Kinder wurden in einen dunklen Raum befördert.

»… Feuervögel!« Luminas Stimme jauchzte, und der dunkle Raum wurde von unzähligen Vögeln erhellt, die ein leuchtend rot-oranges Gefieder trugen. Überall flatterte es und die

Kinder hielten schützend ihre Hände über den Kopf. Flora fing an zu schreien und auch Tina und Hardy bekamen einen riesigen Schreck.

»Keine Angst«, beruhigte sie Vicky. »Wenn ich es richtig einschätze, handelt es sich hier um Hologramme. Diese Flatterviecher sind nichts als optische Täuschungen, ermöglicht durch Wellen und Frequenzen des Lichts!«

Luftströme und Nebel durchzogen den Raum, und um das Erlebnis perfekt zu machen, wurden echte Federn durch die Luft gewirbelt. Man konnte meinen, dass sich die Feuervögel wirklich im Raum befanden.

Doch so schnell, wie die Kreaturen aufgetaucht waren, waren sie auch schon wieder verschwunden. Das Förderband brachte die Kinder nun in einen nächsten Tunnel, der wunderschön und geradezu beruhigend war. Auf den Bildschirmen leuchtete eine

prächtige Wiesenlandschaft, sanftes Säuseln des Windes mischte sich mit einer traumhaften Melodie, und es war plötzlich angenehm warm. Der Boden, auf dem sie alle standen, verwandelte sich in einen plätschernden Bach, und bei jeder Bewegung der Füße war es, als würde echtes Wasser unter ihnen fließen. Kleine Elfen flatterten durch die Luft und die Augen der Kinder fingen an zu leuchten. Tina war sichtlich gerührt und Hardy vergaß vor lauter entspannter Harmonie weiterzufilmen.

»Ich hoffe, es hat euch in meiner Welt gefallen! Lebt wohl und bleibt fantasievoll!«, ertönte Luminas Stimme ein letztes Mal, bevor das Förderband zum Stehen kam und sich wie von Geisterhand eine automatische Tür öffnete, die sie wieder in die echte Welt entließ.

Es dauerte einen Moment, bis sich die Kinder wieder an das Tageslicht gewöhnt hatten.

»Wow, das war echt verrückt«, meinte Flora und sah noch etwas benommen aus.

»Na ja, mein Onkel hat einen 65-Zoll-Fernseher mit Surround-Anlage. Das ist so ähnlich«, kommentierte Magnus.

»So ein Quatsch!«, meinte Vicky und musste lachen. »Das hier war modernste Technik. Da kommt ’ne olle Flimmerkiste nicht mit!«

»Ist ja gut, Miss Einstein«, scherzte Magnus. »Ich muss zugeben, das war kein schlechter Anfang, oder,

Rotkäppchen?« Er wandte sich an Mithat, der noch gar nichts gesagt hatte.

Mithat lächelte künstlich und nickte. Typen wie Magnus konnte er gar nicht leiden. Ein blöder Spruch nach dem anderen – und meistens auf Kosten anderer. Aber er machte sich nichts daraus und nahm sich vor, sich den Spaß nicht verderben zu lassen. Er würde Magnus nach dem heutigen Tag wahrscheinlich in seinem ganzen Leben nicht wiedersehen. Da war es reine Energieverschwendung, sich zu ärgern.

Der Ausgang vom *Magic-Mystery* lag in einem kleinen Park, der von Bäumen umgeben war und ein wenig an die Szenen des Films von eben erinnerte. Sogar die Figur eines riesigen Feuervogels thronte auf einem Sockel zwischen ein paar Bäumen. Überall gab es Parkbänke zum Ausruhen und ein paar Meter weiter lag ein kleiner Spielplatz. In dessen Mitte stand ein Einhorn aus Holz, auf dem kleine Kinder beim Klettern bestimmt sehr viel Spaß hätten. Alles war sehr liebevoll gestaltet. Carla Bernardo hatte nicht zu viel versprochen – die Megaworld schien etwas ganz Besonderes zu sein.

Den Kindern fiel erst jetzt auf, wie schön das Wetter mittlerweile geworden war. Für Anfang Mai war es schon sehr warm und ein bisschen kam das Gefühl von Sommer auf. Der perfekte Tag also für einen Aufenthalt im Freizeitpark.

»Was kommt als Nächstes?«, fragte Flora und ließ sich auf eine der Parkbänke plumpsen.

»Laut Plan befindet sich hinter dem Spielplatz der *Water-Boost*. Das ist so was wie ein Free-Fall-Tower«, sagte Vicky und zeigte zwischen zwei Bäumen hindurch. »Da kann man ihn auch schon super sehen! Kein Wunder, denn immerhin ist er 30 Meter hoch.«

Mithat war der riesige Turm bisher noch gar nicht aufgefallen. Er liebte Dinge, in denen es hoch oder schnell zur Sache ging, und freute sich auch schon total auf die Achterbahn *Speed-Coaster*, die weiter hinten im Park auf sie wartete. Hoffentlich würde er das alles in vollen Zügen genießen können, auch wenn er hier mit fremden Kindern unterwegs war.

»Wettrennen zum *Water-Boost* – wer gewinnt wohl und wer lost?«, rief Magnus auf einmal und sprintete los. Flora und Vicky eilten ihm nach. Mithat hingegen schlenderte mit Hardy und Tina hinter ihnen her. Für einen kurzen Moment würde er Ruhe vor den dreien haben.

*Kapitel 4*

# Freier Fall ins Wasser

»Ui, das ist hoch!« Flora blickte am *Water-Boost* hinauf und ihr wurde schon beim bloßen Anblick von unten schwindelig. »Ich weiß nicht, ob ich da mitkomme.«

»Na ja, so schlimm kann's nicht werden«, meinte Magnus und zeigte auf eine Infotafel am Eingang des Free-Fall-Towers. »Du musst entweder acht Jahre alt oder größer als 1,30 Meter sein. Ist wohl eher Babykram.«

»Da wäre ich mir nicht so sicher«, sagte Vicky. »Ein freier Fall aus 30 Meter Höhe, hmm … lass mal nachrechnen.«

Sie blickte nachdenklich auf den Turm, an dem eine gläserne Kapsel angebracht war, deren Form an ein U-Boot erinnerte. Die Kapsel wurde zuerst ganz nach oben gezogen, um dann im freien Fall in ein Wasserbecken zu rauschen, das sich unter ihnen befand.

»Wenn wir den Luftwiderstand mal nicht berücksichtigen, wird uns das Ding auf knapp 90 km/h beschleunigen. In weniger als 2,5 Sekunden klatschen wir von ganz oben nach unten ins Wasser.«

Mithat, der mit Tina und Hardy in der Zwischenzeit auch am *Water-Boost* eingetroffen war, freute sich riesig. Wenn Vickys Berechnungen stimmten, würde das ein ziemlicher Spaß werden. Sofort rannte er zur U-Boot-Kapsel und setzte sich ganz nach außen.

»Als Letzter hier ankommen und sich dann den besten Platz schnappen – das haben wir gerne«, protestierte Magnus und setzte sich ans andere Ende der Kapsel.

Dann zeigte er auf den freien Platz neben sich. »Los, Flora, gib dir einen Ruck. Wir sind ja bei dir!«

»Alles wird gut«, ermutigte sie auch Vicky. »Parks wie die Megaworld werden ständig technisch überprüft. Es kann also eigentlich gar nichts passieren.«

»Das ist aber sauhoch!«, wimmerte Flora. Sie atmete tief ein und nahm dann schließlich mit blassem Gesicht auf dem Sitz neben Magnus Platz.

Tina und Hardy wollten die Fahrt von unten aus verfolgen und positionierten die Kamera einige Meter entfernt.

»Bekommst du so alles drauf?«, fragte Tina.

»Nicht ganz«, meinte Hardy, als er durch den Sucher schaute. »Ich muss noch ein paar Meter zurück. Ohne den Blick von der Kamera zu nehmen, ging er mitsamt dem Stativ rückwärts. Dabei übersah er jedoch eine seiner großen Taschen und stolperte rücklings auf den Asphalt. Das Stativ riss er gleich mit sich.

»Aua!«, jammerte er und hielt sich die Schulter.

Tina verdrehte die Augen und half ihm auf. Die Kamera war glücklicherweise auf einer der Taschen gelandet.

»Halb so schlimm, geht schon«, meinte Hardy und klopfte sich den Staub von seinen Klamotten. Im selben Moment schloss sich die U-Boot-Kapsel des *Water-Boosts* und wurde in die Höhe gezogen.

Hastig stellte Hardy das Stativ wieder auf und schaltete die Kamera ein. Tina schüttelte genervt den Kopf. Wie sollte sie den Tag mit diesem tollpatschigen Kerl nur überstehen?

Magnus, Flora, Mithat und Vicky hatten von Hardys Missgeschick nichts mitbekommen.

Von schweren Sicherheitsbügeln umschlossen blickten sie aus der gläsernen Kapsel. Flora atmete schwer und ärgerte sich über sich selbst. Wie konnte sie nur so doof sein, in diese Höllenmaschine einzusteigen? Sie bekam schon weiche Knie, wenn sie nur auf einem Stuhl stand. Allerdings wollte sie vor den anderen nicht als Spaßbremse dastehen. Sie schloss die Augen und hoffte einfach nur, dass alles ganz schnell vorüber sein würde.

»Was ist denn jetzt los?«, raunte Magnus, als die Kapsel bereits nach ein paar Metern langsamer wurde und schließlich ruckartig stehen blieb.

»Geht bestimmt gleich weiter«, sagte Vicky. »Die wollen uns hier vermutlich erst mal ein bisschen schmoren lassen.«

»Da könntest du recht haben.« Magnus rümpfte die Nase. »Es riecht auch schon ganz verschmort.«

Nun rochen es auch die anderen.

»Da stimmt doch was nicht«, sagte Vicky und sah sich prüfend um.

In Flora stieg sofort Panik auf und sie klammerte sich mit aller Kraft an ihren Sicherheitsbügel. »Von wegen, es kann nichts passieren!«

Im nächsten Moment setzte sich die Kapsel wieder in Bewegung. Allerdings nicht nach oben, sondern sie rutschte wie in Zeitlupe Zentimeter für Zentimeter nach unten, begleitet von einem piependen Signalton.

»Na, Free-Fall ist das hier nicht gerade«, meinte Magnus und wandte sich dann lachend an Flora. »Keine Angst, dieses Tempo werden wir überleben.«

Je näher die Kapsel dem Erdboden kam, umso erleichterter war Flora. Mithat hingegen war total enttäuscht. Wie gerne wäre er im freien Fall in die Tiefe gerauscht.

Mit einem fürchterlichen Quietschen kam die Kapsel schließlich an der Stelle zum Stehen, an der sie vor wenigen Minuten losgefahren war.

»Wow, krasse Action«, scherzte Magnus, als sie wieder Boden unter den Füßen hatten. »Mir ist jetzt noch ganz schwindelig.« Er taumelte ein paar Meter und tat dann so, als müsste er sich übergeben, bevor er sich lachend auf eine Parkbank plumpsen ließ.

»Das Ding scheint in eine Art Notfall-Modus geschaltet worden zu sein«, meinte Vicky und zeigte auf eine rot blinkende Lampe, die sich an der Seite des Turms befand und mit *Emergency* beschriftet war.

»Ist bei euch alles in Ordnung?«, fragte Tina und schaute die Kinder besorgt an.

Im selben Moment kam Carla Bernardo auf einem

Elektroauto angerauscht, das aussah wie eines der Fahrzeuge, die auf Golfplätzen zu finden waren. Neben ihr saß ein Techniker in blauem Arbeitsanzug.

»Oh Kinder, ich bin untröstlich«, sagte sie und schwang sich elegant aus dem Wagen. »Die Zentrale hat uns einen technischen Zwischenfall beim *Water-Boost* gemeldet. Ich hoffe, es geht euch allen gut!«

Magnus, Flora, Mithat und Vicky nickten und Carla Bernardo atmete erleichtert auf.

»Wir werden uns umgehend um die Sache kümmern«, sagte sie und klopfte ihrem Techniker auf die Schulter. »Das hier war ein einmaliger Zwischenfall. Nichts, weshalb ihr euch Sorgen machen müsst. Und nun genießt die anderen Attraktionen der Megaworld!«

»Sie hat recht«, meinte Magnus. »Lassen wir uns die Stimmung nicht vermiesen. Seht doch, da vorne ist die *Indoor-Sports-World!*«

Bevor die anderen irgendetwas sagen konnten, war er auch schon losgerannt.

*Kapitel 5*

# Kalt erwischt

»Yeah – und jetzt kommt noch ein Rückwärtssalto!« Magnus war in seinem Element. Auf den riesigen Trampolinen zeigte er den anderen sein Können. Hardy filmte seine Kunststücke und stellte sich dabei ausnahmsweise sehr geschickt an. Er wechselte des Öfteren die Perspektive, und Tina hatte das Gefühl, dass die Aufnahmen dieses Mal richtig gut wurden. Flora, die sichtlich froh war, den *Water-Boost* überlebt zu haben, jubelte Magnus begeistert zu, doch Mithat schaute gar nicht hin. Wie gerne wäre er auch auf den Trampolinen gesprungen, doch so gut wie Magnus konnte er das nicht, und auf blöde Sprüche hatte er keine Lust. Deshalb ließ er es lieber ganz bleiben und schaute sich die anderen Stationen der *Indoor-Sports-World* an, die einer bestens ausgestatteten Turnhalle glich. Bei einem Fußballtor mit Geschwindigkeitsmessung schnappte er sich einen Ball und drosch ihn mit einer gehörigen Portion Wut im Bauch ins Netz. Die Anzeigetafel zeigte 79 km/h. Daneben war ein Bild des brasilianischen Fußballprofis

*Ronny* abgebildet, der in einem Spiel für den Verein Sporting Lissabon den Ball mit der Rekordgeschwindigkeit von 210,9 km/h in den Kasten befördert hatte.

»Gib mir mal den Ball«, hörte Mithat Magnus sagen, der offensichtlich genug vom Trampolinspringen hatte. Widerwillig passte er ihm den Ball zu und Magnus nahm ihn geschickt an, jonglierte ihn ein paarmal auf den Füßen und Knien und platzierte ihn dann auf dem Abschusspunkt.

»Zusehen und von den Profis lernen«, prahlte er und ging in übertrieben cooler Pose ein paar Schritte zurück.

Flora und Vicky hatten nebenan auf einer kleinen Tribüne Platz genommen und Mithat setzte sich zu ihnen. Hardy baute seine Kamera mit einem Sicherheitsabstand direkt hinter dem Tor auf, in der Hoffnung, dadurch besonders spektakuläre Aufnahmen hinzubekommen. Magnus blickte direkt in die Kamera und fuhr sich dann mit der Hand lässig durch die Haare.

»So ein Angeber«, murmelte Mithat kaum hörbar und zog sich seine Kappe tief ins Gesicht.

Magnus nahm Anlauf und schoss den Ball mit aller Kraft ins linke Eck. Gespannt blickte er auf die Anzeigetafel, die nach wenigen Sekunden die Geschwindigkeit von 68 km/h anzeigte.

»Das Ding spinnt!«, brüllte Magnus sofort und schnappte sich den Ball erneut. »Das waren mindestens 80 Sachen!«

Mithat schmunzelte schadenfroh und beobachtete, wie Magnus einen erneuten Schuss aufs Tor abgab, der aber auch nur die Geschwindigkeit von 70 km/h erreichte.

»Ach, ich bin abgerutscht!«, maulte Magnus und überprüfte demonstrativ seine Schuhe. »Mit *den* Tretern kann ich nicht ordentlich schießen!«

»Lass es gut sein!«, meinte Vicky und lächelte. »Das Gehüpfe auf dem Trampolin hast du besser hinbekommen.

Enttäuscht blickte sich Magnus in der *Indoor-Sports-World* um.

»Da hinten ist ein Hockey-Feld!«, meinte

er schließlich zu Mithat. »Lass uns ein kleines Duell spielen!«

Doch bevor Mithat antworten konnte, meldete sich Flora zu Wort.

»Ich hab tierischen Hunger – lasst uns lieber was essen gehen!«

Vicky stimmte ihr zu und warf einen Blick auf den Lageplan. »Rechts neben der Halle ist ein Burger-Restaurant.« Dann wandte sie sich scherzhaft an Magnus: »Und so wie es aussieht, kannst du ja auch ein bisschen Kraftfutter vertragen!«

Das Burger-Restaurant sah aus wie in alten amerikanischen Spielfilmen. An den Wänden hingen Blechschilder, die Oldtimer, Tankstellen-Logos oder Schriftzüge von Erfrischungsgetränken zeigten. Alles sah aus wie aus einer anderen Zeit, war aber dennoch topmodern. Überall waren große Flachbildschirme angebracht, auf denen Musikvideos liefen, und in jedem der Tische war ein Tablet-PC eingebaut, über den man seine Bestellung aufgeben konnte.

Magnus saß mit verschränkten Armen auf einem der rot gepolsterten Stühle und starrte abwesend auf einen Bildschirm. Die Niederlage beim Torschießen machte ihm offensichtlich immer noch zu schaffen.

Vicky nahm währenddessen die Bestellungen der anderen auf und gab sie in den Tablet-PC ein. Sie war begeistert von der modernen Technik und sehr geschickt im Umgang damit. »Jetzt fehlt nur noch deine Bestellung«, sagte sie und schaute Magnus fragend an.

»Cheeseburger-Menü mit Cola«, nuschelte er, ohne seinen Blick von dem Musikvideo zu nehmen.

»Wie der Herr wünscht!«, sagte Vicky und tippte auf die entsprechenden Symbole.

Die Pause tat den vieren gut, und bis das Essen kam, saßen sie alle schweigend am Tisch und lauschten der Musik. Auch wenn sie erst einen kleinen Teil der Megaworld gesehen hatten, war der Tag bisher schon ziemlich aufregend gewesen. Mit wildfremden Kindern unterwegs zu sein und dabei auch noch gefilmt zu werden, war doch etwas ganz anderes, als mit der Familie oder den eigenen Freunden einen entspannten Ausflug in einen Freizeitpark zu unternehmen.

Tina und Hardy saßen ein paar Tische weiter und nutzten die Pause, um ihre bisherigen Aufzeichnungen auf dem Display der Kamera anzuschauen. Obwohl sich Hardy so ungeschickt angestellt hatte und die Fahrt mit dem *Water-Boost* sprichwörtlich ins Wasser gefallen war, war Tina dennoch halbwegs zufrieden mit der Ausbeute. Vor allem Magnus' Torschuss sah klasse aus. Sein anschließendes Geschimpfe konnte man ja einfach rausschneiden.

Nach einiger Zeit brachten zwei Bedienungen das duftende Essen.

Vicky verteilte die bestellten Menüs.

»Flora, hier sind deine Chicken-Nuggets. Magnus bekommt den Cheeseburger, ich schnapp mir den Salat, und Mithat, hier ist dein Veggie-Burger.«

Das Essen war köstlich und nach ein paar Bissen war auch Magnus wieder der Alte. »Und? Wie schmeckt dein Grünzeug-Brötchen?«, fragte er Mithat schmatzend. »Ein Burger ohne Fleisch ist doch wie ein Auto ohne Räder!«

Mithat ging nicht auf Magnus' Spruch ein und aß seelenruhig weiter.

»Auch wenn du es nicht glaubst, Veggie-Burger sind ultralecker! Ich esse die auch ganz oft!«, erwiderte Vicky stattdessen.

»Glaub ich wirklich nicht«, meinte Magnus und nahm einen extra großen Biss.

»Wenn alle einfach ein bisschen weniger Fleisch essen würden, würde es unserem Planeten tatsächlich besser gehen!«, fuhr Vicky fort.

»War ja klar, dass du mal wieder einen schlauen Spruch auf Lager hast«, sagte Magnus und sah abfällig auf Vickys Salat. »Wenn alle nur noch dieses Vogelfutter essen würden, gäbe es doch viel zu viele Rinder auf der Welt.«

Vicky verdrehte die Augen. Sie hatte wirklich keine

Lust, weiter mit Magnus zu diskutieren. Das musste sie auch gar nicht, denn plötzlich verschwanden die Musikvideos von den Flachbildschirmen, und es war überall nur noch blauer Hintergrund zu sehen, auf dem das Wort *Error* blinkte. Aus den Lautsprechern tönte auch nicht mehr die angenehme Musik von eben, sondern ein ohrenbetäubendes Rauschen erfüllte den Raum. Die Kinder hielten sich die Ohren zu und das Restaurant-Personal rannte hektisch durch die Gegend. Nach einer Weile gaben die Lautsprecher ihren Geist auf und mit einem Mal war es mucksmäuschenstill.

»Was war das denn bitte?«, fragte Flora und nahm vorsichtig die Hände von den Ohren.

»Anscheinend wieder ein technischer Defekt«, sagte Vicky und tippte auf den Tablet-PC im Tisch. »Funktioniert auch nicht mehr.«

»Gut, dass wir unser Essen schon bestellt haben«, scherzte Magnus und schob sich den letzten Happen seines Burgers in den Mund.

Witzig fand das jedoch keiner. Schweigend aßen die Kinder zu Ende und beobachteten dabei eine der Bedienungen, die offensichtlich mit Carla Bernardo telefonierte und ihr von dem Zwischenfall berichtete.

»Vor der offiziellen Eröffnung morgen hat das Technikteam wohl noch einiges zu tun«, meinte Vicky schließlich. »Aber so ist das manchmal bei Generalproben.«

»Und wir sind die Versuchskaninchen«, fügte Magnus lachend hinzu, bevor er in der Ecke des Restaurants eine Softeis-Maschine entdeckte. »Wie wär's mit einem leckeren Nachtisch nach der ganzen Aufregung?«

Doch auch das Eisessen verlief nicht ohne Zwischenfall. Nachdem sich Magnus, Vicky und Mithat erfolgreich eine Portion in ihre Waffeln abgefüllt hatten, war Flora an der Reihe. Die kalte Vanillemasse landete jedoch nicht in ihrer Waffel, sondern spritzte in hohem Bogen in ihr Gesicht, auf ihre Haare und ihr T-Shirt.

»Iiiiiih!«, schrie sie, und sofort kam ihr eine Bedienung mit Servietten zu Hilfe geeilt, die den Vorfall von der Theke aus beobachtet hatte.

Zu allem Übel hatte Hardy die ganze Sache auch noch gefilmt.

»Den Clip stellen wir am besten direkt ins Internet«, meinte Magnus und erntete dafür einen ziemlich bösen Blick von Flora.

»Sorry, vielleicht doch keine so gute Idee ...«, entschuldigte er sich sofort, denn Flora sah wirklich ziemlich fertig aus.

»Komm, wir suchen ein Waschbecken«, meinte Vicky hilfsbereit, und die beiden verschwanden in den Toilettenräumen.

Wenig später standen die vier Kinder vor dem Burger-Restaurant und beratschlagten, was sie nun machen sollten. Floras Stimmung hatte sich dank Vickys Hilfe zum Glück deutlich gebessert und außer ein paar Wasserflecken auf ihrem T-Shirt war von dem Missgeschick an der Eismaschine nichts mehr zu sehen. Die frühsommerliche Sonne würde auch diese Spuren sehr bald verschwinden lassen. Hardy hatte die Aufnahmen von dem Zwischenfall auf Floras Bitte hin sofort gelöscht, und Magnus hatte sich weitere lustige Bemerkungen dazu verkniffen, worüber Mithat ebenfalls sehr dankbar war. Seine Vorfreude auf den *Speed-Coaster* wollte er sich durch nichts und niemanden vermiesen lassen, schon gar nicht durch Magnus. Doch laut Vicky ging es nun erst mal zum *T-Rex-Ride* und das klang schon mal sehr vielversprechend.

*Kapitel 6*

# Vier sehen schwarz

Wenn man der Beschreibung des *T-Rex-Ride* auf dem Lageplan Glauben schenkte, handelte es sich dabei um die modernste Virtual-Reality-Achterbahn der Welt. Auf den ersten Blick sah sie ziemlich harmlos aus. Wie eine einfache Achterbahn in einem x-beliebigen Freizeitpark. Die Besonderheit jedoch war, dass jeder Fahrgast eine Virtual-Reality-Brille trug und dadurch in eine spektakuläre Dinowelt eintauchen konnte. In Kombination mit dem echten Fahrgefühl versprach der *T-Rex-Ride* ein einmaliges und unvergessliches Erlebnis.

Der Videotrailer am Eingang der Achterbahn sah so spannend aus, dass Magnus, Flora, Mithat und Vicky den Zwischenfall im Burger-Restaurant schnell vergaßen und es kaum abwarten konnten, in einem der Wagen Platz zu nehmen. Selbst Flora ließ sich von den recht hoch verlaufenden Schienen nicht entmutigen. Mit einer Virtual-Reality-Brille auf dem Kopf würde ihr die Höhe bestimmt nichts ausmachen. Und selbst wenn – dieses Spektakel wollte sie sich nicht entgehen lassen.

Da Hardy die Videoeffekte der Achterbahn ohnehin nicht mit seiner Kamera einfangen konnte, beschlossen Tina und er, die Sache von außen zu filmen. Kreischende Kinder, die mit einer Virtual-Reality-Brille über die Schienen sausten, dürften ein gutes Motiv werden.

Die Wagen der Achterbahn hatten zwar genau Platz für vier Personen, aber da außer den Kindern keine anderen Gäste im Park waren, nahm jeder in einem eigenen Wagen Platz. Eine Mitarbeiterin, die einen Tarnanzug mit Dino-Logo und einen Tropenhelm trug, überreichte jedem der Kinder eine der Brillen und erklärte ihnen, dass sie diese während der Fahrt auf keinen Fall vom Kopf nehmen durften. Dann meinte sie noch mit einem Augenzwinkern, dass sie sich auf jeden Fall vom T-Rex fernhalten sollten, da dieser noch nicht gefrühstückt habe.

»Sehr lustig!«, meinte Magnus frech, doch sobald er die Brille aufsetzte, verschlug es ihm die Sprache. Er hatte bisher noch nie eine Virtual-Reality-Brille getragen und der Effekt war wirklich krass. Vor seinen Augen erschien eine täuschend echte Urwald-Welt, und egal in welche Richtung er seinen Kopf bewegte, erblickte er nichts als tropische Bäume. Auch Vicky war sprachlos. Die Beschreibung auf dem Lageplan hatte nicht zu viel versprochen. Nachdem die Mitarbeiterin die Sicherheitsgurte überprüft hatte, ging die Fahrt los. Die tropische Landschaft rauschte an den Kindern vorbei, und sie erreichten eine Ebene, an deren Ende ein Vulkan zum Vorschein kam. Links und rechts von ihnen pflückten riesige Pflanzenfresser mit ihren Mäulern Blätter von den Bäumen und dicht über ihren Köpfen flog ein Archäopteryx und gab kreischende Laute von sich. Als sie den Vulkan erreichten, ging die Fahrt steil bergauf.

Flora begann zu schreien, doch Mithat genoss die Fahrt in vollen Zügen. Sie kamen an den Gipfel des Vulkans und glühende Lava schoss aus dem Krater. Das alles sah so echt aus, dass sich die Kinder instinktiv die Hände schützend vors Gesicht hielten. Dann folgte eine rasende Abfahrt, und am Fuß des Vulkans kam er zum Vorschein: der gefährlichste Dino von allen, der Tyrannosaurus Rex. Mit weit aufgerissenem Maul erwartete er die Kinder und brüllte ihnen scheußliche Laute entgegen.

Kurz bevor sie das schreckliche Monster erreichten, verdunkelten sich die Brillen der Kinder. Die Landschaft verschwand und mit ihr auch die glühende Lava und der furchterregende T-Rex.

Zunächst dachten die Kinder, dass die Dunkelheit zur Fahrt gehörte, und sie warteten gespannt, was nun kommen würde. Doch nichts geschah. Die Bildschirme der Brillen blieben schwarz.

»Was soll der Mist?«, grölte Magnus in den Fahrtwind. »Ich hätte dem T-Rex schon ganz gerne mal tief in die Augen geschaut!«

»Vermutlich wieder ein technisches Problem«, schnaubte Vicky, und auch Flora und Mithat waren ziemlich enttäuscht.

Und da die Kinder auf strikten Hinweis der Parkmitarbeiterin die Brillen auf keinen Fall während der Fahrt abziehen durften, fuhren sie völlig blind über die restliche Strecke der Achterbahn, was im Vergleich zur Fahrt mit Videoeffekten ziemlich langweilig war.

Als sie nach ein paar Minuten zum Stehen kamen und ihnen die Mitarbeiterin beim Abziehen der Brillen half, schaute sie die Kinder erwartungsvoll an.

»Und? Wie war die Begegnung mit unserem fürchterlichen T-Rex?«

»Der olle Dino hat das Licht ausgeknipst«, meinte Magnus und kämmte sich mit seinen Fingern seine Frisur zurecht.

»Nach der Vulkanabfahrt haben die Brillen gestreikt«, fügte Vicky hinzu. »Ab da war der Bildschirm schwarz und der Ton war ebenfalls weg.«

»Was? Das kann doch nicht sein!«, meinte die Mitarbeiterin ungläubig. »Gestern lief doch noch alles einwandfrei!«

»Tja, schade, dass wir nicht gestern hier waren«, sagte Magnus und verließ sichtlich enttäuscht mit den anderen Kindern die Achterbahn.

»Was war los?«, erkundigte sich nun auch Tina. »Zuerst habt ihr gebrüllt wie am Spieß und dann plötzlich tote Hose.«

Vicky erzählte ihr alles und kurz darauf bog Carla Bernardo mit ihrem Elektroauto um die Ecke.

»Ich kann mir das einfach nicht erklären!«, rief sie, nachdem sie mit einer quietschenden Vollbremsung neben den Kindern zum Stehen kam. »Das alles ist mir furchtbar peinlich! In den letzten Tagen wurde die komplette Parktechnik noch mal auf Herz und Nieren geprüft und alles hat wunderbar funktioniert!«

»Das kann ja sein«, meinte Tina. »Aber heute gab es nun schon den ein oder anderen Zwischenfall. Wir können einfach keinen brauchbaren Film drehen, wenn es immer wieder zu Problemen kommt.«

»Ich weiß, ich weiß!«, beschwichtigte Carla Bernardo sie. Dann wandte sie sich an die Kinder: »Bitte seid nicht enttäuscht. Ich kümmere mich um die Sache und werde mir überlegen, wie ich das alles wiedergutmachen kann. Aber ich garantiere euch – mit dem *Adventure-Rock*, dem *Speed-Coaster* und dem *Aqua-Labyrinth* warten die besten Attraktionen noch auf euch. Ihr werdet sehen, dass ich nicht zu viel versprochen habe!«

»Wenn Sie meinen!«, brummte Magnus enttäuscht.

»Ganz bestimmt«, bekräftigte Carla Bernardo. »Wie wäre es mit ein paar Leckereien als kleine Entschädigung?« Sie zeigte auf einen prall gefüllten Süßigkeiten-Automaten und wedelte lächelnd mit ihrem Schlüsselbund. »Ich hab den Generalschlüssel!«

Die Kinder hatten natürlich nichts dagegen und griffen ordentlich zu. Nachdem Carla Bernardo wieder mit ihrem Elektroauto davongebraust war, setzten sie sich auf einem kleinen Rasenstück in die Sonne und genossen Schokoriegel, Gummibärchen, Nüsse und Chips.

»Was unsere Eltern wohl machen?«, fragte Flora kauend.

»Die schlürfen einen Kaffee nach dem anderen, unterhalten sich über langweiligen Kram und sind froh, dass sie mal ein bisschen Ruhe haben«, meinte Magnus und ließ eine Erdnuss in hohem Bogen durch die Luft fliegen, um sie dann mit seinem Mund aufzufangen.

»Da haben wir es doch deutlich besser«, schmatzte Vicky. »Wollen wir nur hoffen, dass Carla Bernardo recht behält. Lasst uns mal auf dem Plan nachschauen, was als Nächstes kommt.«

*Kapitel 7*

# Abenteuer pur!

Der Weg zum *Adventure-Rock* war schon ein Erlebnis für sich. Kurz nachdem sie den Vorplatz des *T-Rex-Ride* verlassen hatten, ragten links und rechts von ihnen riesige, dicht bewachsene Felsen empor. Magnus, Flora, Mithat und Vicky hatten den Eindruck, als würden sie eine ganz andere Welt betreten.

»Hier sieht's aus wie am Machu Picchu«, sagte Vicky und schaute sich begeistert um.

»Matschu-Hatschi? Gesundheit!«, erwiderte Magnus.

Dieser Kerl hatte echt zu allem einen Spruch parat, dachte sich Mithat, musste aber auch ein wenig schmunzeln.

»Der Machu Picchu ist ein Berg in Peru, auf dem sich die gleichnamige Ruinenstadt befindet. Sie wurde im 15. Jahrhundert von den Inka errichtet und ist noch ziemlich gut erhalten«, erklärte Vicky.

Magnus schüttelte den Kopf. »Du bist echt ein wandelndes Lexikon! Ich nenn dich von nun an nur noch Vicky-Pedia!«

Nun musste auch Flora lachen. Magnus war zwar ein ziemlicher Angeber, aber lustig war er auf jeden Fall.

»Tja, von mir kannst du eben noch was lernen«, meinte Vicky schmunzelnd.

Nach der nächsten Wegbiegung erreichten sie das prächtige Eingangstor. *Adventure-Rock* prangte in riesigen Leuchtbuchstaben über ihnen. Exotische Pflanzen wucherten aus dem Boden und ein stickig-feuchter Duft lag in der Luft. Wenn die Kinder nicht gewusst hätten, dass sie sich in einem Freizeitpark in Deutschland aufhielten, hätten sie glauben können, dass sie sich mitten im peruanischen Gebirge befanden.

»Willkommen im Abenteuer eures Lebens!«, begrüßte sie ein durchtrainierter Parkmitarbeiter mit rauschendem Vollbart, der ein *Adventure-Rock*-T-Shirt, eine Outdoorhose und Wanderschuhe trug. »Ich bin Mo und das hier ist Trixi.« Er zeigte auf eine Mitarbeiterin, die die gleichen Klamotten trug, ebenso durchtrainiert war und vier Klettergurte in den Händen hielt.

»Wir werden euch nun auf euren Trip durch die Felsen vorbereiten und ein paar Tipps geben, wie ihr hier eine Menge Spaß haben könnt.«

Mo wirkte so cool und lässig, dass sogar Magnus ehrfürchtig zu ihm hochschaute. Er führte die Kinder zu einem Bildschirm, auf dem eine Präsentation lief, die zeigte, was die vier nun erwarten würde.

»Das hier wird richtig krass!«, meinte Mo, versicherte den Kindern aber, dass sie durch die Klettergurte keiner wirklichen Gefahr ausgesetzt waren.

»Wie ich sehe, seid ihr alle recht sportlich«, meinte Trixi und erklärte ihnen, wie sie die Gurte anlegen mussten. »Die meisten Kletterpassagen sollten daher kein Problem für euch sein. Aber selbst wenn ihr mal denkt, es nicht zu schaffen, könnt ihr euch jederzeit abseilen.«

Mo schwang sich auf einen kleinen Felsvorsprung und klickte die Sicherungsseile der Kinder in ein dickes Drahtseil über ihm.

»Diese hochmodernen Karabiner sind die ganze Zeit über mit dem Sicherungssystem verbunden. An jedem Fels könnt ihr unterschiedliche Schwierigkeitsgrade klettern oder ihr lasst die Felsen links liegen und schwingt euch auf eine der Riesenschaukeln. Eure Gurte verfügen über einen SOS-Knopf, den ihr jederzeit drücken könnt, wenn ihr es mit der Angst zu tun bekommt.«

»Gut zu wissen«, meinte Flora, die sich fest vornahm, nur die leichtesten und niedrigsten Routen zu betreten.

»Und verpasst auf keinen Fall die Seilbahnen«, sagte Trixi abschließend. »Die sind der größte Spaß!«

Mithat konnte es kaum erwarten loszuklettern. Das hier war genau nach seinem Geschmack. Auch Magnus hatte genug von den Erklärungen und war froh, dass es endlich losging.

»Und nun – rockt den *Adventure-Rock!*«, sagten Mo und Trixi im Chor und entließen die Kinder in den Kletterpark. Was sich den vieren nun bot, verschlug ihnen die Sprache. Vor ihnen lag ein XXL-Abenteuerspielplatz mit Kletterfelsen, Hängebrücken, Strickleitern, Lianen und Seilbahnen. Doch damit nicht genug – die komplette Felslandschaft wurde von eindrucksvollen Lichteffekten bestrahlt, die durch den künstlichen Nebel, der überall aufstieg, ganz besonders in Szene gesetzt wurden. Aus versteckten Lautsprechern drangen Urwaldgeräusche und Trommellaute in die Landschaft und zwischen den Felsen rauschten Wasserfälle.

Mithat war schon ein paarmal in Kletterparks und Hochseilgärten gewesen, doch das hier war etwas ganz anderes. Er schwang sich mit der erstbesten Liane über einen kleinen Bach und stieg dann in die erste Kletterroute ein. Dabei entschied er sich für den mittleren Schwierigkeitsgrad und kraxelte an einer Felswand entlang, über die immer wieder bunte Lichtstrahlen huschten. Der Karabiner an seinem Sicherungsseil folgte ihm, welche Route auch immer er einschlug. Er hatte keine Ahnung, wie das technisch möglich war, aber das war ihm auch völlig egal. Diese Kletterei machte einen unglaublichen Spaß und für einen Moment vergaß er Magnus und die anderen. Mithat befand sich tatsächlich im Abenteuer seines Lebens, genauso wie Mo es vorausgesagt hatte. Er erreichte einen Felsvorsprung, an dem eine ewig lange Seilbahnabfahrt auf ihn wartete. Während er sich an seinem Sicherungsseil festhielt, rauschte er mit atemberaubender Geschwindigkeit und laut vor Freude brüllend in die Tiefe. Als er an einem Wasserfall vorbeikam, spritzte ihm das Wasser ins Gesicht und sorgte für eine angenehme Abkühlung. Er war so glücklich wie schon lange nicht mehr.

Auch Magnus, Vicky und selbst Flora hatten einen riesigen Spaß in den Felsen. Jeder konnte die Route wählen, die er sich zutraute, und selbst einfache Passagen sorgten durch die Licht- und Soundeffekte für ordentlich Action.

Nachdem sich alle nach Herzenslust ausgetobt hatten, trafen sie sich in der Mitte des Kletterparks auf einer Plattform.

»Das hier ist echt der Hammer!«, schrie Magnus, und der Schweiß lief ihm von der Stirn.

Mithat hätte ihm am liebsten jubelnd zugestimmt, doch er ließ es bleiben.

»Ich find's auch total cool«, meinte Vicky. »Aber

wenn ich ehrlich bin, kann ich nicht mehr!« Sie atmete tief ein und auch ihr rann der Schweiß übers Gesicht.

»Geht mir genauso«, japste Flora. »Man soll aufhören, wenn es am schönsten ist.«

»Ich hab auf dem Lageplan gesehen, dass es am

Ausgang des *Adventure-Rock* einen Kiosk gibt«, meinte Vicky. »Die haben dort bestimmt kalte Getränke!«

»Nichts wie hin!«, sagte Flora begeistert.

»Ich, äh, ich würde gerne noch ein paar Minuten bleiben«, stotterte Mithat unsicher und wurde etwas rot dabei.

»Klar, kein Problem«, sagte Vicky. »Wir warten einfach draußen auf dich.«

»Oh, unser Rotkäppchen kriegt eine Extrawurst«, sagte Magnus abfällig.

»Lass ihn doch«, entgegnete Vicky. »Hat ja keiner gesagt, dass wir ständig alles gemeinsam unternehmen müssen.«

»Prima – dann drehen wir noch ein paar Aufnahmen von Mithat«, schlug Tina vor, die mit Hardy wie aus dem Nichts erschienen war. Die beiden hatten die Kletterei der Kinder von Weitem gefilmt und waren nun froh, noch ein paar Nahaufnahmen zu bekommen.

»Na, dann viel Spaß, Tarzan!«, sagte Magnus und machte sich gemeinsam mit Flora und Vicky auf den Weg zum Kiosk. Er ärgerte sich insgeheim, dass er nicht auch noch geblieben war. Dass Mithat nun noch mal besondere Aufmerksamkeit von Tina und Hardy bekam, gefiel ihm nicht. Magnus hatte sich nämlich vorgenommen, für die coolsten Szenen in dem Werbefilm zu sorgen, um dann später damit bei seinen Freunden angeben zu können. Er gab sich zunächst damit zufrieden, dass seine Trampolinsprünge gefilmt worden waren. Sicherlich würde es noch mehr Möglichkeiten geben, sein Können zur Schau zu stellen.

Eine Viertelstunde später kam Mithat völlig verschwitzt und mit einem zufriedenen Grinsen im Gesicht aus dem *Adventure-Rock*.

»Hier, kühl dich ein bisschen ab«, sagte Vicky und überreichte ihm eine Flasche eiskalter Zitronenlimonade.

Mithat bedankte sich und trank die Flasche in großen Zügen leer.

»Na, dann können wir ja endlich weiter«, sagte Magnus und ging ein paar Schritte voraus. Am Ende des Weges konnte man schon ihre nächste Station erblicken: den *Speed-Coaster*. Das Grinsen in Mithats Gesicht wurde daher noch breiter.

*Kapitel 8*

# Geschwindigkeitsrausch

»Sieht gar nicht mal so schnell aus, wie ich dachte«, meinte Magnus, als sie die ellipsenförmige Schienenkonstruktion erreichten. »Kein Looping, keine Drehungen, nur ein paar Wellen.«

»Der *Speed-Coaster* ist die zweitschnellste Achterbahn der Welt«, erklärte Vicky. »Wir werden da gleich mit 220 Sachen über die Schienen brettern.«

»Die allerschnellste Achterbahn wäre mir aber lieber«, sagte Magnus und rannte zu den windschnittigen Waggons, die wie beim *T-Rex-Ride* über vier Sitze verfügten – zwei vorne, zwei dahinter. »Ich nehme den vordersten Wagen!«

»Äh, mir wäre es lieb, wenn ihr dieses Mal alle in einem Waggon sitzen würdet«, meldete sich Tina zu Wort. »Hardy und ich haben beschlossen, dass wir dann zum Filmen im Wagen hinter euch Platz nehmen.«

»Muss das sein?«, maulte Magnus.

»Ja, das muss sein!«, entgegnete Tina streng.

»Mithat, dann setz du dich doch zu Magnus«, schlug

Vicky vor, doch Magnus protestierte sofort. Auf keinen Fall wollte er neben diesem in seinen Augen uncoolen Kerl sitzen.

»Hier ist für Flora reserviert«, sagte er deshalb, und das war Mithat gar nicht mal so unrecht. Er setzte sich neben Vicky in die zweite Reihe des Waggons.

»Na, dann haben wir das ja auch geklärt«, meinte Tina genervt.

Hardy war in der Zwischenzeit damit beschäftigt gewesen, einen Helm aus einer seiner Taschen zu kramen. Auf diesen steckte er dann eine kleine Kamera. Seine große Kamera mit in die Bahn zu nehmen, wäre viel zu gefährlich gewesen. Eine ruhige Hand hätte er bei der rasanten Fahrt ohnehin nicht gehabt und das Ding wäre vermutlich in der ersten Kurve schon von Bord gegangen. Außerdem würden mit der Action-Kamera viel aufregendere Aufnahmen möglich sein. Die Zuschauer sollten später das Gefühl bekommen, direkt im *Speed-Coaster* zu sitzen.

Ein Parkmitarbeiter im Rennfahreranzug überprüfte die Sicherheitsbügel der sechs Fahrgäste, bat Mithat noch, seine Mütze abzusetzen, und schwenkte dann eine schwarz-weiß karierte Fahne.

»Ready, steady, go!«, erschallte es aus Lautsprechern, und die Fahrt begann. Die ersten Meter waren völlig harmlos und Magnus streckte mutig die Hände in die Höhe. Nach der ersten Kurve nahm er sie jedoch ganz schnell wieder runter und klammerte sich wie die anderen mit aller Kraft an seinen Sicherheitsbügel. Der *Speed-Coaster* nahm nämlich plötzlich mit unglaublicher Kraft Fahrt auf und die Kinder wurden wie bei einem Raketenstart in die Sitze gepresst. Flora versuchte zu schreien, doch der Fahrtwind blies ihr so stark ins Gesicht, dass sie den Mund zusammenpressen und die Augen schließen musste. So nett sie es auch fand, dass Magnus ihr einen Platz in der ersten Reihe frei gehalten hatte – nun würde sie lieber weiter hinten im Windschatten sitzen.

Die Bahn fuhr jetzt so schnell, dass Vicky nicht mal mehr in der

Lage war, auszurechnen, welche Kräfte gerade auf ihren Körper einwirkten. Ihr Kopf fühlte sich leer an, und ihr Gehirn war einzig und allein damit beschäftigt, ihren Muskeln mitzuteilen, sie halbwegs aufrecht im Sitz zu halten. Mithat fand die Fahrt großartig. Genau so hatte er sich das vorgestellt, als er vor ein paar Wochen die Infobroschüre der Megaworld zum ersten Mal durchgeblättert hatte, die seiner Gewinnbenachrichtigung beigelegt war. Es gelang ihm sogar, einen kleinen Freudenschrei in den Gegenwind zu brüllen.

In Runde zwei hatte der *Speed-Coaster* dann seine Maximalgeschwindigkeit erreicht. Die Bahn zischte über die Schienen und jede der Steilkurven sorgte für ein heftiges Kribbeln im Magen der Insassen. Einerseits war es ein riesiger Spaß, andererseits waren alle froh, als wenig später die letzte Runde über die Lautsprecher angesagt wurde.

Zur Verwunderung aller reduzierte die Bahn ihre Geschwindigkeit jedoch nicht. Und anstatt nach besagter Runde anzuhalten, bretterte der *Speed-Coaster* in Höchstgeschwindigkeit Runde für Runde weiter über die Schienen.

Erst glaubten die Kinder, dass sich der Mitarbeiter im Rennanzug einen Spaß mit ihnen erlaubte. So ähnlich wie die Betreiber der Karussells auf Jahrmärkten und Rummelplätzen, die sich auch nicht immer an das hielten, was sie übers Mikrofon von sich gaben. Hier hörte der Spaß jedoch langsam auf. In Hardys Magen drehte sich alles und auch die Kinder waren langsam am Ende ihrer Kräfte. Tinas Frisur glich einem Wischmopp im Windkanal und selbst Magnus bekam es ein wenig mit der Angst zu tun.

Dann ertönte wieder die Stimme aus dem Lautsprecher, die nur mit Mühe zu verstehen war. Vicky glaubte irgendetwas von »technischen Schwierigkeiten« gehört zu haben, Hardy hatte jedoch auch noch ganz andere Probleme. In der nächsten Steilkurve entschloss sich sein Magen, nicht länger Widerstand zu leisten. In hohem Bogen kotzte er aus dem Waggon, und man konnte von Glück reden, dass hinter ihm niemand gesessen hatte. Derjenige hätte nämlich durch die Kurvenfahrt eine ordentliche Ladung abbekommen. Tina blickte mitleidig zu ihrem blassen Kameramann hinüber und spürte dabei ebenfalls ein flaues Gefühl im Bauch.

»Haltet dieses Mistding endlich an!«, brüllte sie schließlich, und so, als ob der *Speed-Coaster* sie erhört hätte, drosselte die Bahn endlich ihre Geschwindigkeit.

Nach zwei weiteren Runden kamen die Waggons beim Ausgangspunkt zum Stehen. Dem Parkmitarbeiter im Rennanzug bot sich ein elendes Bild. Sechs blasse Personen hingen kraftlos in ihren Sitzen. Der Kameramann mit Helm sah besonders mitgenommen aus und sein Gesicht wirkte fast grünlich. Die Sitzreihen hinter ihm zeigten deutliche Spuren seines Mageninhalts.

»Es tut mir echt leid«, sagte der Mitarbeiter bedauernd. »Ich hab das Ungetüm nicht bremsen können! Das System hat einfach nicht reagiert…«

Eine Weile blieben Tina, Hardy und die vier Kinder schwer atmend in den Waggons sitzen. Mithat traute sich als Erster heraus, und er taumelte etwas, als er zum Ausgang ging. Diese Fahrt war selbst für ihn ein bisschen zu viel des Guten gewesen. Magnus, Vicky und Flora folgten ihm nach einer Weile. Keiner konnte etwas sagen, denn jeder war damit beschäftigt, das Gleichgewicht zu halten.

»Man sollte das Ding *Speed-Kotzer* nennen«, durchbrach Magnus schließlich die angespannte Stille, als er und die anderen sich fix und fertig auf ein Stück Wiese fallen ließen.

»Sei bloß still, sonst kommt's mir auch noch hoch«, meinte Vicky und wedelte sich frische Luft zu.

Eine Weile lagen die Kinder mit geschlossenen Augen auf der Wiese und erholten sich langsam von dem Schock. Tina und Hardy saßen ein paar Meter weiter auf einer Bank. Der Kameramann hielt sich ein feuchtes Tuch an die Stirn, das ihm der Parkmitarbeiter gebracht hatte, und war immer noch etwas grün im Gesicht.

»Na, das war ja klar«, raunte Magnus, als kurz darauf

Carla Bernardo in ihrem Elektroauto angerauscht kam. »Wollen wir wetten, dass sie *untröstlich* ist?«

»Ich bin untröstlich!«, rief sie auch schon, und obwohl den Kindern nicht zum Lachen zumute war, mussten sie schmunzeln.

»Ich weiß nicht, was hier heute los ist«, jammerte sie, und man konnte ihr wirklich ansehen, dass ihr die Zwischenfälle äußerst unangenehm waren. »Mein Technikteam arbeitet auf Hochtouren, alle Systeme werden nochmals gecheckt, und ich habe auch schon einen unabhängigen Sachverständigen herbestellt.« Sie seufzte und ließ die Arme ratlos hängen.

Nun trat Tina hinzu, der die ganzen Pannen mittlerweile ziemlich auf den Keks gingen. »Ihr Park ist eine Gefahr für die Menschheit«, beschwerte sie sich. »In Ihren sogenannten *Attraktionen* mitzufahren, ist ein unkalkulierbares Risiko!« Sie zeigte auf Hardy, der immer noch wie ein Häufchen Elend auf der Parkbank hing. »Mein Kameramann ist fertig mit den Nerven und meine Geduld ist auch langsam am Ende!«

»Regen Sie sich bitte nicht auf«, versuchte sie Carla Bernardo zu beruhigen. »Ich kann ja verstehen, dass Sie sauer sind. Ich werde Ihr Honorar zur Entschädigung auch deutlich erhöhen.« Dann wandte sie sich an die vier Kinder: »Bitte, ich flehe euch an: Gebt dem *Aqua-Labyrinth* noch eine Chance. Diese Attraktion ist mein

Lebenswerk. Darin steckt so viel Energie. Ihr verpasst das Abenteuer eures Lebens, wenn ihr da nicht mitfahrt! Ich werde auch euren Eltern mitteilen lassen, dass sie sich absolut keine Sorgen machen müssen.«

Sie ging vor den vieren fast auf die Knie und wirkte dabei nicht wie eine erwachsene Frau, sondern eher wie ein kleines Kind, das unbedingt möchte, dass man seinen schönen Turm aus Bauklötzen bestaunt.

»Was denkt ihr?«, fragte Vicky und sah die anderen unschlüssig an.

»›Abenteuer eures Lebens‹ – habe ich heute schon mal gehört«, meinte Flora, die eigentlich schon genug Aufregung für diesen Tag hatte.

»Also von mir aus können wir diese Wasserbahn noch ausprobieren«, sagte Magnus hingegen. »Schlimmer als der *Speed-Coaster* kann es wohl kaum werden.«

»Ich wäre auch mit dabei«, sagte Vicky und blickte zu Mithat, der einfach nur nickte.

»Also gut«, gab Flora nach. »Aber danach reicht es mir dann auf jeden Fall für heute.«

*Kapitel 9*

# Vom Hai gefressen

Carla Bernardo war unendlich froh, dass die Kinder das *Aqua-Labyrinth* trotz der bisherigen Zwischenfälle ausprobieren wollten. Sie war mit ihrem Elektroauto vorausgefahren und wollte vorab gemeinsam mit einem Techniker alles noch mal gründlich überprüfen und anschließend den Aufenthalt der Kinder überwachen.

Das *Aqua-Labyrinth* lag am äußersten Ende der Megaworld. Magnus, Flora, Mithat und Vicky mussten einige Minuten laufen, um es zu erreichen.

»Das Tantchen hätte uns ruhig mit ihrem Flitzer mitnehmen können«, beschwerte sich Magnus, obwohl er natürlich wusste, dass in dem Fahrzeug gar nicht genug Platz für alle war. Bei dem kleinen Spaziergang fiel den Kindern auf, dass die Megaworld weit mehr zu bieten hatte als die Highlights, auf die sie sich bisher bei ihrem Besuch konzentriert hatten. Es gab etliche Grillplätze, einen großen Wasserspielplatz, Ponyreiten, einen Parcours für kleine Elektro-Scooter, ein Spiegelkabinett, Kinderkarussells und vieles mehr.

Dass das *Aqua-Labyrinth* jedoch das größte Highlight der Megaworld war, konnte man schon von Weitem sehen. Riesige Wasserfontänen schossen meterhoch in die Luft und wiesen den Kindern den Weg. Um zum Eingang des Labyrinths zu gelangen, mussten sie eine lange Brücke überqueren, die sie direkt in eine ozeanische Welt brachte. Überall plätscherten Wasserfälle und man kam sich vor wie in einem botanischen Garten.

»Seht mal, da sitzen Papageien!«, sagte Flora und zeigte auf einen Baum, der aussah, als wäre er schon mehrere Jahrhunderte alt.

In einem Teich neben ihnen schwammen riesige Fische, die in bunten Farben schillerten.

»Wow, das sind Kois!«, erklärte Vicky begeistert. »Die wurden in Japan früher von Adeligen als Statussymbole gehalten – die sind megateuer!«

»Vicky-Pedia muss es ja wissen«, scherzte Magnus.

Sie erreichten kurz darauf einen großen Platz, der zeigte, dass hier bei normalem Parkbetrieb wohl mit einer ziemlich langen Warteschlange zu rechnen war. Pfosten und Absperrbänder, die an den Schalterbereich eines Flughafens erinnerten, sollten bei Hochbetrieb für die nötige Ordnung sorgen. Magnus, Flora, Mithat und Vicky mussten sich an diesem Tag glücklicherweise nicht anstellen und konnten direkt zum Drehkreuz am Eingang gehen, wo Carla Bernardo auch schon auf sie wartete.

»Es ist alles überprüft und in bester Ordnung. Ihr könnt eure Fahrt im *Aqua-Labyrinth* also bedenkenlos genießen. Ich werde euch hier von der Zentrale aus im Blick haben.« Sie zeigte auf eine Art Glaskasten, in dem unzählige Monitore standen, die von technischen Mitarbeitern überwacht wurden. »Das Labyrinth ist voller Kameras, die euch ständig im Auge behalten. Es kann also gar nichts passieren!«

»Den Satz habe ich heute auch schon mal gehört«, meinte Flora grinsend zu Vicky.

Carla Bernardo brachte die Kinder zu einer Mitarbeiterin, die einen altertümlichen Taucheranzug trug und einen runden Helm aus Metall auf dem Kopf hatte. Diese überreichte ihnen Schwimmwesten und führte alle in einen Raum, der aussah wie das Forschungslabor eines Meeresbiologen. An den Wänden hingen Zeichnungen von Haien und eigenartigen Meeresungeheuern, und auf einem antiken Schreibtisch lagen ein goldener Kompass, alte Bücher und allerlei Kram, den man wohl früher zum Erforschen der Meere benutzt hatte.

Wie es die Kinder von der Megaworld mittlerweile gewohnt waren, hing an einer der Wände natürlich auch ein riesiger Flachbildschirm. Stolz präsentierte ihnen Carla Bernardo einen Kurzfilm, der den Besuchern des *Aqua-Labyrinths* erklärte, dass sie sich von nun an auf einer gefährlichen Expedition durch unerforschte

AQUA
Labyrinth

Gewässer befanden. Mit seinen aufwendigen Special Effects konnte es dieser Clip locker mit teuren Kinofilmen aufnehmen. Carla Bernardo hatte wirklich keine Kosten und Mühen gescheut, denn in dem Filmchen spielte einer der bekanntesten Schauspieler des Landes mit, und die Parkinhaberin erwähnte nicht ohne Stolz, dass sie mit dem Clip sogar für einen Preis bei einem Filmfestival nominiert war.

»Wir sind aber nicht nur zum Fernsehen hier, oder?«, erinnerte Magnus sie.

»Äh, natürlich nicht«, stimmte ihm Carla Bernardo zu. »Es geht jeden Moment los!«

Mit einem effektvollen Zischen öffnete sich eine Schleuse am Ende des Raums und blinkende Lichter wiesen ihnen den weiteren Weg. Sie folgten einem Gang, der aussah, als wäre er in einen Felsen geschlagen, und gelangten schließlich an eine Art Bootsanleger.

Auch hier war die Kulisse beeindruckend. Es schien, als wäre von hier schon die ein oder andere spannende Expedition gestartet. Links und rechts ragten bewachsene Felsen in die Höhe, und neben dem Anleger stand ein windschiefes Holzhäuschen, in dem alte Taucherflaschen, Seile und Holzkisten lagerten. Auch wenn das offensichtlich alles nur Dekoration war, hatten die Kinder das Gefühl, auf dem Weg in ein großes Abenteuer zu sein. Ein Parkmitarbeiter mit Fischermütze und Dreitagebart begrüßte sie und führte sie über einen hölzernen Steg zu ihrem Boot. Dabei handelte es sich um einen ausgehöhlten Baumstamm, der mit vier hintereinanderliegenden Sitzen versehen war und am vordersten Platz über einen Steuerungshebel verfügte.

»Ich sitze wieder vorne, okay?«, sagte Magnus und nahm, ohne auf die Antwort der anderen zu warten, auf dem ersten Sitz Platz.

»Dann hast du die Verantwortung für deine Crew«, sagte Carla Bernardo, die ihnen auf den Steg gefolgt war.

»Kein Problem!«, entgegnete Magnus und zeigte auf die Plätze hinter sich. »Dann mal los, Crew – alle Mann an Bord!«

»Die Crew besteht aus Männern *und* Frauen«, korrigierte Vicky und gab Magnus beim Einsteigen einen Klaps auf die Schulter. Sie setzte sich auf den dritten Sitz, da Flora bereits direkt hinter Magnus Platz genommen hatte. Mithat saß ganz hinten, fand das aber nicht weiter schlimm, denn so fühlte er sich auch nicht von den anderen beobachtet. Erste Reihen waren nichts für ihn – weder in der Schule noch im Kino oder sonst wo. Allerdings wünschte er sich manchmal, genauso viel Selbstvertrauen zu haben wie Typen wie Magnus. Gleichzeitig fand er solche Angeber aber auch ätzend.

Die letzten Ansagen von Carla Bernardo rissen ihn aus seinen Gedanken.

»Legt eure Gurte an und verlasst auf keinen Fall das Boot!«, ermahnte sie die Kinder. »Im *Aqua-Labyrinth* lauern überall Gefahren!« Den letzten Satz betonte sie so übertrieben, dass Magnus lachen musste. »Na, dann sind wir ja froh, dass Sie uns mit Ihren tausend Kameras im Blick haben!«

Bevor es losging, erklärte der bärtige Parkmitarbeiter Magnus noch die Steuerungstechnik. Das Besondere am *Aqua-Labyrinth* war, dass das Boot keiner vorbestimmten Route folgte, so wie man es von anderen Wildwasserbahnen kannte. Stattdessen konnte man sich im Labyrinth frei bewegen und an jeder Abzweigung mithilfe des Steuerungshebels selbst entscheiden, welche Richtung man einschlagen wollte.

»Und jetzt – genießt das Abenteuer!«, posaunte Carla Bernardo und war mindestens so aufgeregt wie die vier im Boot. Ihr Lebenswerk würde nun zum ersten Mal von Kindern getestet werden!

Das kleine Boot setzte sich in Bewegung und schipperte zunächst mit gemütlichem Tempo vom Anleger weg in einen Kanal hinein. Die hohen Felsen verschwanden und für einen kurzen Moment hatte man einen freien Blick in den Park.

»Seht mal, da sitzen Tina und Hardy«, meinte Vicky und zeigte auf die Terrasse eines Restaurants, das sich direkt am Kanal befand. Die Kinder winkten ihnen fröhlich zu und Tina winkte zurück. Hardy hob nur kraftlos seine Hand. Er sah immer noch ziemlich fertig aus. Sehr zum Unmut von Carla Bernardo hatten die beiden beschlossen, die Kinder nicht ins *Aqua-Labyrinth* zu begleiten. Sollte sich Hardy in den nächsten Minuten etwas erholen, würden sie am Ende des Labyrinths auf die Kinder warten und wenigstens noch ein paar Aufnahmen von der letzten spektakulären Abfahrt machen.

»Hört ihr das auch?«, fragte Flora, als das Boot eine nicht einsehbare Kurve erreichte. Das laute Rauschen eines Wasserfalls dröhnte ihnen entgegen.

»Natürlich, wir sind ja nicht taub«, entgegnete Magnus, doch nach der Kurve verschlug es ihm sofort die Sprache.

Vor ihnen erschien das weit geöffnete Maul eines überdimensional großen Hais. Und genau in dieses Maul führte der Kanal. Sofort beschleunigte sich das Boot und wurde in den stockdunklen Rachen des Tieres gezogen, in dem der tosende Wasserfall auf die Kinder wartete.

*Kapitel 10*

# Links oder rechts?

»Uaaaaaaah!«

Die Schreie der Kinder schallten durch die unterirdischen Gänge. Der Wasserfall im Rachen des Hais zog sie in die Tiefe und ließ sie mit einem lauten Platscher aufkommen.

»Bäh, ich bin klatschnass!«, beschwerte sich Magnus und wischte sich eine tropfende Strähne aus dem Gesicht.

»Hier hinten geht's«, sagte Vicky schadenfroh. »Du wolltest ja unbedingt ganz vorne sitzen.«

Nachdem sich die Augen der Kinder an die Dunkelheit gewöhnt hatten, stellten sie fest, dass ihr Boot wieder in einem ruhigen Kanal gelandet war und so friedlich weiterschipperte, als sei nichts geschehen. Eine Weile konnte man noch das Rauschen des Wasserfalls hören, bis schließlich nur noch das leise Plätschern des Wassers unter ihrem Boot in dem dunklen Gang hallte.

»Ich traue diesem Frieden nicht«, flüsterte Flora, und das wilde Pochen ihres Herzens wollte so gar nicht zu der Ruhe passen, die die Kinder umgab.

Sie sollte recht behalten, denn nur wenige Augenblicke später schossen grelle Lichtblitze durch den Kanal, und über ihnen flatterten dunkle Kreaturen an der Decke entlang.

»Fledermäuse!«, stellte Vicky fest.

»Iiih!«, schrie Flora sofort und hielt ihre Arme schützend über den Kopf.

»Die sind nicht echt«, versuchte Vicky sie zu beruhigen.

»Sehen aber ziemlich echt aus«, fügte Magnus hinzu und bemerkte plötzlich ein blinkendes Signal neben seinem Steuerhebel. »Richtung wählen«, leuchtete dort in roten Buchstaben, und Magnus schob den Hebel instinktiv nach links.

Wie aus dem Nichts tauchte vor ihnen eine Weggabelung auf und das kleine Boot bog wie befohlen nach links ab.

»Warum fahren wir hier lang?«, erkundigte sich Vicky und sah sich aufmerksam um.

»Na, warum nicht?«, antwortete Magnus. »Sieht hier doch ohnehin alles gleich aus.«

»Vielleicht können wir bei der nächsten Abbiegung gemeinsam entscheiden, wo wir langfahren«, schlug Vicky vor.

»Tja, ich sitze am Steuer und habe die Verantwortung für euch – genau wie Carla Bernardo es gesagt hat«, entgegnete Magnus und lehnte sich entspannt in seinem Sitz zurück.

Bevor Vicky weiter protestieren konnte, nahm das Boot plötzlich wieder Fahrt auf. Ein heftiger, heißer Wind blies ihnen entgegen und der Gang wurde mit einem Mal in rotes und gelbes Licht getaucht.

»Oh nein, was ist das denn jetzt?«, fragte Flora ängstlich, und im selben Moment schoss ihnen glühende Lava entgegen. Magnus bekam einen riesigen Schreck und Flora schrie erneut auf.

»Krass!«, meinte Vicky und sah als Erste, dass das Spektakel vor ihnen zum Glück nur eine Videoprojektion war. In Kombination mit der im Gang herrschenden Hitze war es die perfekte Illusion.

Mithat war ebenfalls begeistert. Er kam sich fast so vor, als würde er sich mitten in einem Computerspiel befinden. Ihm war es dabei auch egal, ob er am Steuer saß oder nicht. Vermutlich spielte es ohnehin keine Rolle, in welche Richtung man abbog. So wie er die Sache einschätzte, hatte Carla Bernardo überall im Labyrinth Überraschungen für die Besucher vorbereitet.

Die glühende Lava brodelte mittlerweile direkt an ihnen vorbei, und da erkannte auch Flora, dass es sich nur um eine Projektion handelte. Magnus traute sich sogar, einen Zeigefinger hineinzuhalten, und spürte natürlich rein gar nichts.

So schnell die Lava gekommen war, verschwand sie auch wieder, und das Boot wurde nun erneut etwas langsamer.

»Cool, bei der Hitze eben sind meine Klamotten fast wieder trocken geworden«, stellte Magnus fest und sah wieder die rot blinkenden Buchstaben neben dem Steuerungshebel.

»Wir müssen gleich irgendwohin abbiegen«, sagte er und spähte vor sich in den Gang.

»Ich bin dieses Mal für rechts«, sagte Vicky.

»Ich auch«, stimmte ihr Flora zu.

»Mithat?« Vicky drehte sich um und konnte im Halbdunkel erkennen, dass er nickte.

»Von mir aus.«

»Also, wenn unser verehrter Herr Steuermann nichts dagegen hat, würde die Crew nun gerne rechts abbiegen.«

»Ihr Wunsch ist mir Befehl, gnädigste Miss Vicky-Pedia!« Magnus schob den Hebel nach rechts, und die Kinder warteten gespannt darauf, was nun kommen würde.

Der schmale Kanal wurde immer breiter, und das Wasser, das eben noch sanft um sie herumplätscherte, wurde lebhafter. Nach und nach entstanden richtige Wellen, die ins Boot zu schwappen drohten. Die Decke über ihnen schien nun ebenfalls deutlich höher zu sein und wurde plötzlich von dunklen Wolken überzogen.

Irgendwo im Hintergrund tauchte schemenhaft ein Leuchtturm auf, dessen Lichtschein immer wieder für einen kurzen Moment in der mittlerweile nebligen Luft aufblitzte.

»Sind wir etwa auf dem Meer?«, fragte Flora erstaunt.

»Na ja, zumindest scheint es so«, antwortete Vicky, die herauszufinden versuchte, mit welchen technischen Hilfsmitteln Carla Bernardo das hinbekommen hatte.

Wieder zog ein heftiger Wind auf, nur dieses Mal war er kalt und frisch. Magnus fröstelte.

»Da war mir der Föhn eben lieber«, jammerte er und bereute es nun, dass er beim Abbiegen auf die anderen gehört hatte.

Das Boot schaukelte bedenklich und die Luft roch mit einem Mal salzig.

»Achtung!«, rief Magnus plötzlich, als links neben ihm eine eigenartige Kreatur aus dem Wasser schoss. Ein Seeungeheuer mit glibberigen Schuppen starrte die Kinder mit seinen leuchtenden Augen an und tauchte dann wieder ab.

»Wie eklig!«, rief Flora und klammerte sich verschreckt an ihren Sitz.

»Keine Angst, das Vieh ist bestimmt auch nicht echt«, meinte Magnus lässig, bekam aber im selben Moment einen riesigen Schrecken. Um sie herum tauchten nun unzählige grässliche Kreaturen auf und sorgten mit fauchenden und zischenden Lauten für eine beängstigende Stimmung.

»Der schleimige Kerl hat scheinbar seine Freunde gerufen! Einer schöner als der andere«, fügte Magnus scherzhaft hinzu, bekam es aber selbst ein wenig mit der Angst zu tun. Obwohl er natürlich wusste, dass die Glibberviecher nicht echt waren, spürte er ein aufgeregtes Kribbeln im Magen. Das verstärkte sich auch noch, als plötzlich die riesige Schwanzflosse eines Killerwals aus dem Wasser ragte. Das Boot steuerte genau darauf

zu, und wieder war es Flora, die einen heftigen Schrei von sich gab.

Als sich die Flosse des Wals so dicht vor dem Boot befand, dass Magnus sie fast hätte greifen können, tauchte sie gluckernd wieder ab.

»Millimeterarbeit«, sagte Vicky beeindruckt. »Ist scheinbar alles exakt berechnet!«

»Und ich falle gleich exakt in Ohnmacht«, jammerte Flora.

Zu ihrer Erleichterung ließ das Boot das tosende Meer hinter sich und erreichte nun wieder einen ruhigen Kanal.

Nach kurzer Zeit leuchteten am Steuerhebel erneut die üblichen Buchstaben auf, und im Boot der Kinder entbrannte nun eine hitzige Diskussion, in welche Richtung man als Nächstes abbiegen sollte. Magnus wollte unbedingt nach rechts, Flora und Vicky waren beide für links und konnten auch Mithat dazu überreden.

»Du bist eindeutig überstimmt«, rief Vicky nach vorne zu Magnus.

Als sie die Abzweigung erreichten, schob er den Hebel jedoch seelenruhig nach rechts.

*Kapitel 11*

# Licht aus!

»Du weißt schon, wo links und wo rechts ist, oder?«, sagte Vicky empört.

»Oh Mist, muss ich gerade eben vergessen haben«, heuchelte Magnus und grinste verschmitzt in die Dunkelheit.

»Das ist nicht witzig«, entgegnete Vicky. »Wir sitzen hier zu viert in einem Boot, und du machst, was du willst. Das geht so nicht!«

»Jetzt mach dich mal locker! Keiner von uns weiß, wo es hier langgeht. Das ist ein stockdunkles Labyrinth!«

»Es geht hier ums Prinzip!«, sagte Vicky energisch.

Mithat konnte Vicky verstehen, und er war irgendwie froh, dass sie Magnus mal die Meinung sagte. Flora hingegen hatte andere Sorgen, denn während Magnus und Vicky diskutierten, entdeckte sie etwas an der Decke, das sie ziemlich unruhig werden ließ.

»Iiiih! Eine riesige Spinne!«, kreischte sie, als sie schließlich erkannte, was da von oben auf sie zukam.

Magnus, Vicky und Mithat blickten sofort nach oben

und sahen im schwachen Licht einer kleinen Deckenleuchte acht lange behaarte Beine auf sie zukommen. Zu den Beinen gehörte ein ebenso behaarter Körper, der sie mit vier Augenpaaren anvisierte. Die Spinne war in etwa so breit wie das ganze Boot. Als sie näher kam, konnte man die vielen spitzen Zähne in ihrem Maul erkennen, das sich schmatzend öffnete. Das Untier bewegte sich so natürlich, dass selbst Vicky für einen Moment glaubte, dass es vielleicht wirklich echt war. Es gab fauchende Laute von sich, und als es dann auch noch urplötzlich von einem grellen Strahl beleuchtet wurde, fingen auch Magnus, Vicky und Mithat an zu schreien. Das Boot kam im selben Moment zum Stehen und das Tier hing nur noch einen halben Meter über ihnen. In den acht Augen konnte man die Bewegung der Pupillen sehen und die Beine streckten sich den Kindern entgegen.

»D-d-das Ding sieht so unglaublich echt aus!«, stotterte Flora und wunderte sich darüber, dass sie nicht längst in Ohnmacht gefallen war.

»Ich hasse Spinnen! Warum fährt dieses blöde Boot nicht endlich weiter?«, fragte Magnus, der mit dem Tier direkt über seinem Kopf nun gar nicht mehr so locker war.

»Na, damit wir noch ein bisschen mehr Angst bekommen«, sagte Vicky. »Es scheint sich hier um ein hochmodernes Robotertier zu handeln. Carla Bernardo hat wirklich ganze Arbeit geleistet.«

»Roboter hin oder her – ich will hier weg!«, wimmerte Flora und war nun den Tränen nahe.

Zu allem Übel ging jetzt auch noch das Licht aus. Sowohl der grelle Strahl als auch die Deckenleuchte erloschen. Nur aus dem vor ihnen liegenden Gang drang ein schwaches Licht zu den Kindern, das die Umrisse der Spinne über ihnen gerade so erkennen ließ.

»Das ist jetzt nun wirklich nicht mehr witzig!«, raunte Magnus nervös. »Carla Bernardo hockt vermutlich vor ihren Kameras und krümmt sich vor Lachen, weil sie uns hier im Dunkeln schmoren lässt.«

Mithat sah das ähnlich. Er hatte zwar keine Angst vor dem Tier, wollte aber ebenfalls, dass es nun endlich weiterging. Vor allem weil ihm Flora leidtat, die zusammengekauert auf ihrem Sitz hockte.

»Moment mal, unser haariger Roboter bewegt sich nicht mehr«, stellte Vicky plötzlich fest.

»Wahrscheinlich, weil er sich gleich auf uns stürzen wird!«, befürchtete Magnus.

»Das glaube ich nicht«, meinte Vicky und sah sich neugierig um. Viel konnte sie allerdings nicht erkennen. Als dann auch noch das schwache Licht aus dem Gang vor ihnen erlosch, saßen sie endgültig im Dunkeln.

Flora war nun völlig fertig. Die Vorstellung, dass direkt über ihr eine mannshohe Spinne in der Dunkelheit baumelte, war schrecklich. Sie hoffte inständig, dass Vicky recht hatte und es sich dabei nur um einen Roboter handelte.

Eine ganze Weile hockten sie im Boot und warteten, was nun kommen würde.

Die Spinne über ihnen schien sich tatsächlich nicht mehr zu rühren und im Labyrinth war es totenstill.

»Wenn ihr mich fragt, handelt es sich hier bestimmt wieder um ein technisches Problem«, meinte Vicky schließlich. »Wäre ja nicht das erste Mal.«

»Hätte ich doch auf euch gehört und wäre nach links abgebogen«, jammerte Magnus. Seine Stimme klang ungewohnt schwach. »Dann würden wir vermutlich in aller Ruhe Richtung Ausgang schippern.«

»Quatsch«, sagte Vicky sofort. »Dann würden wir einfach nur woanders festhängen. Und vielleicht wäre das dann sogar noch schlimmer.«

Magnus fühlte sich elend, war jedoch froh, dass Vicky und die anderen ihm keine Vorwürfe machten. Er hoffte inständig, dass sie jeden Moment weiterfahren konnten. Bei den nächsten Abbiegungen würde er auch ganz bestimmt auf die anderen hören.

»Ich will hier raus«, wimmerte Flora und wischte sich eine Träne aus dem Auge. »Ich will hier einfach nur raus!«

Vicky fasste ihr tröstend an die Schulter. »Keine Angst! Carla Bernardo müsste uns ja mit ihren Kameras im Blick haben. Es sei denn…« Sie stockte und traute sich kaum es auszusprechen. »Es sei denn, die Technik ist komplett ausgefallen, und somit auch die Überwachungsmonitore.«

»Na, vielen Dank für deine aufbauenden Worte!«, beschwerte sich Magnus. »Schalte lieber mal dein Superhirn ein und überleg, was wir jetzt machen sollen!«

In ihm stieg langsam die Wut auf. Er riss den Steuerhebel nach links und rechts und schlug mit der Faust auf das Baumstammboot. »Los, du Schrottding – beweg deinen müden Hintern!« Dann ließ er sich genervt in seinen Sitz sacken und verschränkte die Arme.

»Ich ruf jetzt meine Mutter an«, sagte Flora und zog

ihr Smartphone aus der Tasche. »Ich hab keinen Bock mehr auf den Mist hier.« Das Display erhellte für einen kurzen Moment ihr Gesicht. Der kleine Funke Hoffnung, der in ihr aufgestiegen war, erlosch aber sofort wieder. »Scheiße, kein Empfang…«

Sofort rannen ihr die Tränen ungebremst über das Gesicht. Sie saß seit einer gefühlten Ewigkeit mit drei fremden Kindern in völliger Dunkelheit in einem wackligen Boot, und über ihr baumelte ein Monster – das war einfach zu viel für Flora.

»Kann ich dein Smartphone mal kurz haben?«, meldete sich plötzlich Mithat zu Wort.

»Oh, unser Rotkäppchen ist auch noch da – sag bloß, du willst deine Großmutter anrufen!«, spottete Magnus.

»Nein, aber ich will sehen, ob wir hier nicht irgendwie rauskommen.«

Vicky wunderte sich über Mithat. Während Magnus und Flora so langsam die Nerven verloren, schien Mithat die Ruhe selbst zu sein. Er ließ sich jetzt auch nicht von Magnus' blöden Sprüchen provozieren. Und da Vicky mittlerweile überzeugt davon war, dass sich das technische Problem wohl nicht so einfach von Carla Bernardo lösen ließ, war sie über Mithats Tatendrang froh. Es musste etwas passieren. Wie lange saßen sie hier nun schon fest? Zehn Minuten, eine halbe Stunde? Sie hatte ihr Zeitgefühl völlig verloren.

»Gib ihm das Smartphone«, bat Vicky deshalb Flora. Nach einer Weile reichte sie es nach hinten und Mithat schaltete sofort die Taschenlampenfunktion an.

Er atmete auf, als er sah, dass die Akku-Anzeige noch 83 Prozent anzeigte.

Zunächst leuchtete er die Umgebung aus, und links und rechts von ihnen kamen künstliche Pflanzen zum Vorschein, die sie bisher gar nicht wahrgenommen hatten.

Der Kanal, in dem sie sich befanden, war nur ein paar Zentimeter breiter als ihr Boot. Er leuchtete auch auf die Spinne, die in dem schwachen Strahl zwar immer noch bedrohlich aussah, aber ganz offensichtlich mitsamt der anderen Technik des *Aqua-Labyrinths* ihren Geist aufgegeben hatte.

»Kannst du mir mal helfen?«, bat er Vicky und drückte ihr das Smartphone in die Hand. »Leuchte mal hier in die Pflanzen.«

Er brach einen langen und stabilen Ast ab und hielt ihn hinter sich ins Wasser. Der Kanal schien nicht tiefer als einen halben Meter zu sein.

»Gib mir bitte noch mal das Smartphone.« Er leuchtete nach unten und stocherte mit dem Stock im Wasser herum.

»Was hast du vor?«, fragte Vicky.

»Ich will sehen, wie das Boot angetrieben wird«, sagte er konzentriert. »Ich sehe hier so eine Art Kette.«

»Vermutlich hakt sich das Boot in die Kette ein und wird dann durchs Labyrinth gezogen«, meinte Vicky. »An den Abbiegungen muss sich dieser Mechanismus dann jedoch kurz lösen, damit man die Richtung wechseln kann.«

»Genau«, stimmte ihr Mithat zu. »Wir könnten versuchen, das Boot von der Kette zu lösen, um uns dann frei im Labyrinth bewegen zu können.«

Vicky dachte kurz nach. Vielleicht war die Idee gar nicht so schlecht. Sollte Carla Bernardo die Technik wieder zum Laufen bringen, könnten sie das Boot vielleicht einfach wieder in die Kette hängen. Momentan sah es jedoch so aus, dass ihnen die Parkbesitzerin nicht helfen konnte. Vielleicht war es nun wirklich an der Zeit, sich selbst aus dem Schlamassel zu befreien.

»Lass uns noch eine Viertelstunde warten, ob das technische Problem nicht vielleicht doch gelöst wird. Wenn sich in dieser Zeit nichts tut, nehmen wir die Sache selbst in die Hand.« Vicky wandte sich an Flora und Magnus. »Seid ihr auch damit einverstanden?«

Da sie keine andere Wahl hatten, saßen sie weitere fünfzehn Minuten in der Dunkelheit. Mithat warf hin und wieder einen kurzen Blick auf die Uhr des Smartphones. Keines der Kinder sagte etwas und die Viertelstunde fühlte sich an wie eine halbe Ewigkeit.

»Die Zeit ist um«, sagte Mithat schließlich.

»Okay«, antwortete Vicky. »Dann an die Arbeit. Vermutlich ist das Boot vorne in der Kette eingehängt.« Sie ließ sich von Mithat den Ast und das Smartphone geben und reichte es nach vorne. »Magnus, kannst du versuchen rauszufinden, ob wir das Boot losbekommen?«

»Ich?«, antwortete er überrascht. »Mach du das lieber. Du kennst dich mit technischem Kram doch am besten von uns allen aus.«

»Dann müssen wir die Plätze tauschen«, sagte sie, ohne zu zögern.

Sie bat Flora, ihnen mit dem Smartphone Licht zu machen, und erhob sich dann vorsichtig aus ihrem Sitz. Sofort begann das Boot zu wackeln, stieß aber nur links und rechts an den Kanal.

»Immerhin können wir hier in dem engen Gang nicht umkippen«, sagte Vicky und kletterte links an Flora vorbei, während sich Magnus rechts an ihr vorbeihangelte.

Bevor sich Magnus auf Vickys Platz setzte, schaute er Mithat mit einem Blick an, der im Halbdunkel nur schwer zu deuten war.

»Ich hoffe sehr für dich, dass das hier gut geht«, flüsterte Magnus.

»Wenn du eine bessere Idee hast, nur raus damit«, antwortete Mithat. Er wunderte sich ein wenig über sich selbst, dass er Magnus Kontra gab. Aber sie saßen hier nun mal fest und darauf hatte er einfach keine Lust mehr.

Vicky hatte sich in der Zwischenzeit den Kettenmechanismus etwas genauer angeschaut. Das Wasser war glücklicherweise so klar, dass man alles recht gut erkennen konnte. In ein paar Wochen, wenn der Park länger in Betrieb war, würde das bestimmt anders aussehen.

»Wie ich es mir gedacht habe«, sagte sie schließlich. »Es gibt hier einen Haken, der das Boot an der Kette hält. Er scheint beweglich zu sein und wird vermutlich von einer Elektronik gesteuert. In den Weggabelungen löst er sich kurz, um sich anschließend in die nächste Kette zu klemmen.« Sie benutzte den Ast wie einen Hebel und setzte ihn unterhalb des Hakens an. Es kostete sie einiges an Kraft, aber nach ein paar Versuchen schaffte sie es schließlich, ihn aus der Kette zu heben.

»Yes!«, jubelte sie und zog den Ast aus dem Wasser. »Wir sind frei!«

»*Frei* ist wohl etwas übertrieben«, meinte Magnus, war aber dennoch froh, dass die Aktion geglückt war.

»Jetzt muss sich jeder noch einen Ast abbrechen, damit wir uns gemeinsam durch den Kanal schieben können«, sagte Mithat und griff wieder in die künstliche Bepflanzung neben ihm.

Kurz darauf schipperten die vier im schwachen Licht des Smartphones durch das Labyrinth.

*Kapitel 12*

# In den Tiefen des Labyrinths

Zunächst war es etwas mühsam, das Boot mithilfe der Äste durch den Kanal zu bewegen. Immer wieder bremste eines der Kinder aus Versehen die Fahrt, indem es mit seinem Stock irgendwo hängen blieb oder sich am Rand des Gangs verkeilte. Doch mit der Zeit fanden die vier zu einem gemeinsamen Rhythmus. Vicky hatte sich ihre rote Megaworld-Kappe aus dem Rucksack geholt und daran geschickt das Smartphone befestigt, sodass sie es wie eine Stirnlampe nutzen konnte und die Hände zum Rudern frei hatte. Der Lichtstrahl reichte jedoch nur, um den Gang für einige Meter zu erhellen, was ziemlich gruselig aussah. Links und rechts von ihnen säumten künstliche Pflanzen die Wände und hin und wieder sah man dazwischen eigenartige Kreaturen sitzen. Die Kinder konnten sich vorstellen, dass diese Viecher bei normalem technischen Betrieb für ordentliche Schreckmomente sorgen würden. Doch so standen sie wie leblose Puppen zwischen dem Gestrüpp und waren nicht halb so angsteinflößend wie die riesige

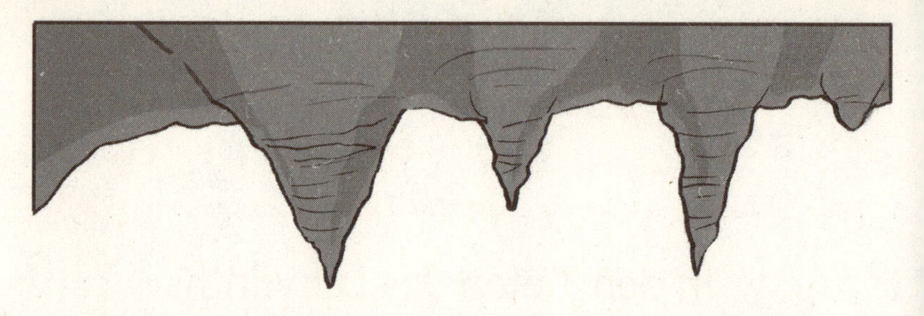

Spinne, die bis vor ein paar Minuten noch über ihnen gebaumelt hatte.

»Da vorne kommt die nächste Abbiegung«, meinte Vicky und bat die anderen, kurz mit dem Rudern innezuhalten. Langsam ließen sie sich zu der Weggabelung treiben, und Vicky versuchte zu erahnen, welcher der Wege wohl der bessere war.

»Kannst du irgendetwas erkennen?«, wollte Mithat wissen und reckte den Kopf nach oben, um bessere Sicht zu bekommen.

»Nein, aber warte mal kurz«, meinte Vicky und holte den Lageplan des Parks hervor. Darauf waren die groben Umrisse des *Aqua-Labyrinths* zu sehen, und sie versuchte in ihren Gedanken zu rekonstruieren, in welche Richtung sie sich bisher bewegt hatten.

»Mein Gefühl sagt mir, dass wir uns eher links halten sollten.«

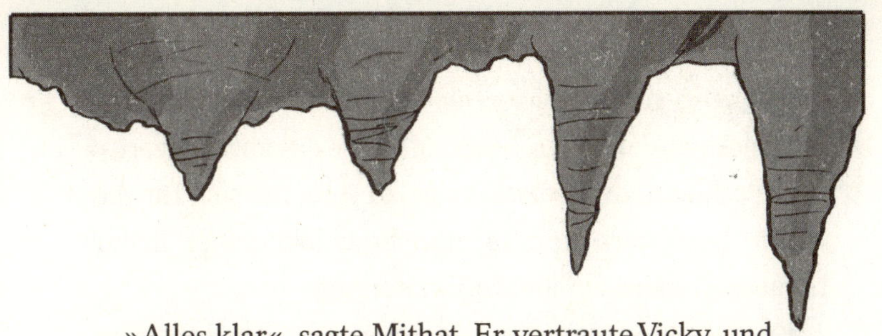

»Alles klar«, sagte Mithat. Er vertraute Vicky, und da weder Magnus noch Flora protestierten, drückte er sich mit seinem Ast vom rechten Kanalrand ab und manövrierte das Boot mit Vickys Hilfe in den linken Gang.

Mithat und Vicky hatten nun gemeinsam das Kommando übernommen. Magnus hatte zu ihrer Verwunderung schon seit einiger Zeit keinen blöden Kommentar von sich gegeben und verhielt sich überraschend ruhig. Von Flora war nur hin und wieder ein leises Schluchzen zu hören. Die ganze Sache nahm sie ziemlich mit. Doch Vickys und Mithats ruhige Art ließ sie nicht komplett verzweifeln.

Nachdem das Boot abgebogen war, änderte sich die Umgebung. Statt der künstlichen Pflanzen säumten nun Tropfsteine ihren Weg, und der Gang wurde von Meter zu Meter breiter, bis sie schließlich in einer großen Höhle landeten.

»Wow!«, staunte Vicky, als sie mit dem Smartphone die Decke ausleuchtete. »Seht mal, wie das alles glitzert.«

Sie schien jedoch die Einzige zu sein, die sich für die Höhle begeistern konnte, und beschloss daher lieber herauszufinden, wo ihr Weg weiterging.

Es war nun auch deutlich schwerer, das Boot vorwärtszubewegen, da sie sich nicht mehr vom Rand abstoßen konnten. Sie befanden sich mitten in der Höhle und hatten große Mühe, sich fortzubewegen.

»Da vorne scheint es weiterzugehen«, sagte Vicky schließlich und leuchtete in Richtung eines schwarzen Lochs an einer der Höhlenwände.

Je näher sie dem Loch kamen, umso deutlicher konnten sie das Geräusch rauschenden Wassers wahrnehmen.

»Nicht so schnell, ich will erst mal sehen, wohin der Gang führt«, rief sie den anderen zu.

Doch obwohl die vier Kinder ihre Äste mittlerweile aus dem Wasser gezogen hatten, nahm das Boot deutlich an Fahrt auf. »Ich glaube, wir werden da reingezogen!«

Vicky fühlte sich mit einem Mal gar nicht wohl bei der Sache.

»Meinst du, die Kette zieht uns wieder?«, rief Mithat von hinten.

»Nein!«, schrie Vicky nun, weil es immer lauter wurde. »Wir geraten in einen Strudel!«

Geistesgegenwärtig riss Vicky das Smartphone von ihrer Kappe und steckte es sich in die Hosentasche. Dadurch war es nun jedoch stockdunkel. »Seid ihr alle angeschnallt?«, brüllte sie, doch die Antworten der drei anderen konnte sie nicht mehr verstehen. Das Tosen des Wassers war nun ohrenbetäubend, und das Boot wurde nicht nur immer schneller, sondern fing auch noch an, sich um die eigene Achse zu drehen. Das Wasser schleuderte sie in kreisenden Bewegungen herum und die Kinder klammerten sich mit aller Kraft am Boot fest. Die Kreise wurden immer kleiner und das Wasser immer schneller – so wie in einer Badewanne, in der man den Stöpsel gezogen hatte.

Schreiend wurden die Kinder mitsamt ihrem Baumstammboot in die Tiefe gezogen.

Flora glaubte, dass nun ihr letztes Stündlein geschlagen hatte. Ihre Familie und ihre Freundinnen würde sie nie wiedersehen. Stattdessen würde sie in dem Vergnügungspark einer Verrückten jämmerlich enden. Auch Magnus hatte furchtbare Angst. Er befand sich in einer Situation, in der er absolut hilflos war. Er konnte einfach nichts tun und dieses Gefühl war unerträglich für ihn. Mithat schloss die Augen und spannte seine Muskeln an. Für ihn war es das Wichtigste, einfach nicht aus dem Boot zu fallen. Und falls das nicht gelingen würde, verließ er sich darauf, dass er ein guter Schwimmer war. Vicky verlor jegliche Orientierung, doch ihr Gehirn arbeitete immer noch auf Hochtouren. Obwohl auch sie sich ziemlich fürchtete, war sie sich sicher, dass das hier nicht ihr Ende sein würde. Dieser Strudel war einfach Teil des *Aqua-Labyrinths* und deshalb sicherlich so konstruiert, dass sie nicht mitsamt ihrem Boot untergehen würden.

Nach unzähligen Drehungen, die von panischen Schreien begleitet waren, wurde das Boot in einen Gang geschleudert und wurde schließlich langsamer und langsamer. Das Rauschen des Strudels hinter ihnen wurde immer leiser und wurde dann von einem harmlosen Plätschern abgelöst.

»Geht's euch gut? Seid ihr noch alle an Bord?«, wollte Vicky wissen und kramte in ihrer durchnässten Hose nach dem Smartphone.

»Also ich bin noch da!«, sagte Magnus heiser.

»Ich auch«, meinte Mithat.

»Flora? Was ist mit Flora?« Vicky schaltete das Licht des Smartphones ein und leuchtete hinter sich.

»Ich … ich bin auch noch da«, meinte sie und fing im selben Moment entkräftet wieder an zu weinen.

Magnus reichte ihr die Hand. »Wir leben noch. Und zusammen stehen wir das hier durch.« Flora versuchte das Weinen zu unterdrücken, doch es wollte einfach nicht gelingen. Dennoch tat Magnus' Trost gut.

Vicky war unendlich froh, dass alle noch an Bord

waren. Sie leuchtete in den Gang vor ihnen und sah, dass sie sich wieder in einem schmalen Kanal befanden, der im Vergleich zu den bisherigen ungewöhnlich langweilig aussah. Vermutlich wollte Carla Bernardo den Besuchern nach dem aufregenden Strudel eine kurze Pause zum Durchatmen geben. Doch für die vier Kinder schien das nicht möglich zu sein, denn plötzlich wurde es wieder stockdunkel.

»Warum machst du das Licht aus?«, fragte Mithat.

»Ich habe es nicht ausgemacht, das Smartphone hat sich einfach abgeschaltet«, sagte Vicky und versuchte es wieder zum Laufen zu bringen.

»Der Akku war doch noch ziemlich voll«, wunderte sich Mithat.

»Gib mal bitte her!«, mischte sich Flora nun ein. »Zum Einschalten brauchst du meinen Code.«

Vicky gab ihr das Smartphone, doch es machte keinen Mucks.

»Oh nein, hier läuft Wasser raus!«, bemerkte Flora. »Sag bloß, das ist jetzt hin!«

Vicky seufzte. Offensichtlich hatte das Gerät selbst in ihrer Hosentasche zu viel Wasser abbekommen. »Es kann gut sein, dass es nicht kaputt ist. Wenn du es mit einer Handvoll Reis in eine Plastiktüte packst, wird die Flüssigkeit rausgesaugt, und dann funktioniert es vielleicht wieder«, versuchte Vicky Flora zu beruhigen, wusste aber gleichzeitig, dass ihnen das momentan überhaupt nicht helfen würde.

»Hat zufällig jemand Reis dabei?«, setzte Magnus nach, doch bei diesem Kommentar reichte es Mithat. Seit sie in dem Labyrinth feststeckten, hatte er ohnehin das Gefühl, dass es mit Magnus' Coolness nicht weit her war. *Große Klappe, nichts dahinter,* war seine Vermutung.

»Deine blöden Sprüche helfen uns hier nicht weiter! Schnapp dir lieber deinen Ast und hilf mit, hier rauszukommen!«

Vicky war mehr als überrascht über Mithats Worte. Aber sie zeigten Wirkung. Ohne jeden weiteren Spruch nahm Magnus seinen Stock aus dem Boot und stemmte ihn gegen den Kanalrand. Flora, Vicky und Mithat taten es ihm gleich und in angespannter Stille nahmen die vier langsam wieder Fahrt auf. Nach einer Kurve erhellte sich der Gang etwas. Von irgendwoher schien Tageslicht hereinzuscheinen. Links und rechts von ihnen konnten sie wieder die Umrisse von eigenartigen Kreaturen erkennen, doch sie schenkten ihnen keine weitere Beachtung. Nach dem, was sie bisher in dem Labyrinth durchgemacht hatten, konnten ihnen ein paar Plastikmonster keine Angst mehr einjagen.

Das Rauschen des Wassers, das nun wieder lauter wurde, bereitete ihnen viel mehr Sorgen.

Ein paar Meter vor ihnen tat sich ein Abgrund auf, den man im schwachen Licht immer besser sehen konnte.

»Nicht schon wieder!«, klagte Flora. »Ich kann nicht mehr!«

»Los, drückt euch mit aller Kraft links vom Rand ab!«, brüllte Mithat plötzlich von hinten. Er hatte als Einziger den schmalen Gang entdeckt, der versteckt im Dunkeln rechts neben dem Abgrund lag.

»Eins, zwei, drei!«, rief er, und ohne zu wissen, warum, stießen auch Vicky, Flora und Magnus ihre Stöcke gegen die Kanalwand.

Das Boot änderte mit einem heftigen Ruck die Richtung, und während die vier Kinder links neben sich in den Abgrund blickten, schleusten sie das Boot in den rettenden Gang.

»Boah, das war knapp!«, rief Vicky erleichtert und atmete erst mal tief ein.

Magnus drehte sich zu Mithat um und seufzte ihm im Dunkeln ein leises »Danke« zu.

*Kapitel 13*

# Blau wie der Himmel

Magnus, Flora, Mithat und Vicky hatten jedes Zeitgefühl verloren. Orientierungslos schipperten sie durch dunkle Kanäle, bogen mal links und mal rechts ab und versuchten so, das Ende des Labyrinths zu erreichen. An manchen Stellen schien ein wenig Tageslicht in die Gänge. Dort riefen und brüllten sie, in der Hoffnung, dass irgendjemand sie hören würde – jedoch ohne Erfolg.

»Ich dreh hier noch durch!«, maulte Magnus, nachdem er sich fast die Seele aus dem Leib geschrien hatte und das Boot schließlich in den nächsten dunklen Gang trieb. »Wo steckt eigentlich Carla Bernardo? Sie müsste doch längst nach uns suchen?«

»Wann ist dieser Albtraum endlich vorbei«, wimmerte Flora. »Ich hab tierische Kopfschmerzen und mir ist eiskalt.«

»Weit kann es nicht mehr sein.« Vicky versuchte die beiden zu beruhigen, doch ihre Stimme klang nicht allzu überzeugend. Sie ärgerte sich darüber, dass sie es nicht geschafft hatte, die Orientierung zu behalten. Das Labyrinth folgte bestimmt irgendeinem System. Die vielen Drehungen im Strudel und die Dunkelheit hatten es jedoch unmöglich gemacht, sich irgendetwas einzuprägen.

Der Gang, in dem sie sich gerade befanden, wurde am Ende wieder etwas heller. Hoffnung keimte in Vicky auf, zerplatzte im nächsten Moment jedoch wie eine Seifenblase.

»Mist, hier kommen wir nicht weiter!«, meinte sie, als das Boot auf eine Rampe zusteuerte, die steil nach oben stieg und an der Wasser herunterrann.

»Hier wird man vermutlich normalerweise an der Kette nach oben gezogen«, meinte Mithat von hinten. »Vielleicht können wir da hochklettern.«

Vorsichtig stieg er aus dem Baumstammboot und sprang auf einen Absatz neben ihnen.

»Carla Bernardo hat doch gesagt, dass wir das Boot auf keinen Fall verlassen dürfen«, meinte Flora, merkte aber im selben Moment, dass das nun auch egal war.

Mithat blickte den Aufgang empor.

»Das sind bestimmt zehn Meter«, meinte er und begutachtete anschließend die Schienen, auf denen der Baumstamm im Normalfall nach oben gezogen wurde.

»Ich probiere mal aus, ob ich da hochkomme.«

Er betrat die Rampe und versuchte an den Schienen Halt zu finden. Das herunterströmende Wasser lief ihm in die Schuhe und machte die Sache extrem glitschig.

Nach zwei Schritten kam er ins Rutschen und hatte Mühe, sich auf den Beinen zu halten.

Wieder und wieder versuchte er es, doch der Hang war einfach zu steil und glatt.

Beim letzten Versuch verlor er das Gleichgewicht, kam ins Stolpern und schlitterte in einen künstlichen Busch. Die Äste zerkratzten ihm die Arme und er landete unsanft im Gestrüpp.

»Alles klar bei dir?«, erkundigte sich Vicky.

»Ja, geht schon!«, antwortete Mithat. Er befreite sich aus dem Geäst und entdeckte hinter dem Busch einen kleinen Gang.

»Hier ist ein Schacht!«, rief er den anderen zu. »Ich schaue mal, wohin der führt.«

Magnus war erstaunt über Mithats Mut. Er überlegte kurz, ob er ebenfalls aus dem Boot steigen sollte, um ihm zu helfen, aber Vicky kam ihm zuvor.

»Ich guck mal nach Mithat«, sagte sie. »Nicht, dass ihm irgendwas passiert, und wir hocken hier einfach nur rum.« Sie stieg aus dem Boot und bat Magnus, sich um Flora zu kümmern. Doch kaum hatte sie den Busch erreicht, in den Mithat zuvor hineingefallen war, kam dieser auch schon aufgeregt zurückgerannt.

»Da hinten am Ende des Schachts gibt es einen Wasserfall, der ins Freie führt. Ich bin sicher, dass ich dort hochklettern kann – und dann hole ich Hilfe!«

»Wir kommen natürlich mit!«, meinte Vicky entschlossen. »Hier im Boot können wir sowieso nichts ausrichten.«

Magnus half Flora aus dem Boot. Ihre Beine waren ganz wackelig und für einen Moment wurde ihr schwindelig.

»Du kannst dich bei mir abstützen«, sagte Magnus und reichte ihr die Hand. »So wie es aussieht, haben wir es gleich geschafft.«

Der Schacht war nicht besonders lang und sollte den Parktechnikern vermutlich dazu dienen, sich ohne Boot durchs Labyrinth bewegen zu können. Flora hatte gehofft, dass Magnus recht hatte und dieser Horror bald ein Ende haben würde. Als sie den Wasserfall jedoch sah, wurde sie enttäuscht. Wie in aller Welt sollte es Mithat schaffen, da hochzukommen? Aus einigen Metern Höhe schoss das Wasser mit lautem Getöse nach unten. Links und rechts wucherten Schlingpflanzen und verschiedenstes Gestrüpp, zwischen dem hin und wieder schroffe Felsen herauslugten. Beim Blick nach oben bot sich jedoch ein Bild, das die Kinder seit einiger Zeit nicht mehr gesehen hatten: blauer Himmel! Und dieses leuchtende Blau füllte Mithat mit unbändiger Energie.

»Das ist viel zu gefährlich!«, rief Vicky ihm zu, doch im lauten Donnern des Wasserfalls konnte er sie nicht mehr hören. Er hangelte sich an Lianen empor, die sich zwischen den Schlingpflanzen versteckten, und erreichte nach kürzester Zeit den ersten Felsvorsprung. Das Wasser schoss an ihm vorbei und es spritzte ihm ins Gesicht.

»Der ist verrückt«, sagte Magnus und schüttelte den Kopf. Gleichzeitig war er enorm beeindruckt – er hatte Mithat wirklich unterschätzt.

Flora konnte gar nicht hinschauen und hielt sich die Hände vors Gesicht. Vicky hingegen beobachtete jede von Mithats Bewegungen und rief ihm immer wieder Hinweise nach oben, wo er sich eventuell gut festhalten konnte. Auch wenn sie vermutete, dass Mithat sie ohnehin nicht hörte, hatte sie so zumindest das Gefühl, ihm irgendwie zu helfen.

Mithat aktivierte alle Kraft, die in ihm steckte. Konzentriert kletterte er Meter für Meter nach oben, prüfte jeden Ast, an den er sich klammerte, und suchte geduldig nach Halt für seine Füße. Er wollte nichts riskieren und war sich bewusst, dass diese Aktion alles andere als ungefährlich war. Es ging ihm nicht darum, vor den anderen als Held dazustehen oder Magnus zu beweisen, dass er kein Waschlappen war. Er wollte einfach nur, dass die chaotische Fahrt im Labyrinth ein Ende hatte. Jede Minute, dic er bisher in irgendeinem Kletterpark verbracht hatte, machte sich nun bezahlt, und das strahlende Blau des Himmels kam immer näher. Als er den nächsten Felsvorsprung erreicht hatte, blickte er nach unten. Dabei bemerkte er, wie hoch er mittlerweile geklettert war, und ein ungewohnt mulmiges Gefühl machte sich in seinem Bauch breit. Sofort zwang er sich, seinen Blick wieder nach oben zu richten und dem Gefühl keine Beachtung zu schenken. Umkehren war ohnehin nicht mehr möglich. Er musste es nun zu Ende bringen.

*Kapitel 14*

# Am Ende der Kräfte

»Ich seh ihn nicht mehr!«, sagte Vicky aufgeregt. »Eben war er noch auf dem Felsen da oben, aber jetzt ...«

»Der ist wirklich ein Freak«, meinte Magnus. Die Vorstellung, selbst dort oben durch den Wasserfall zu kraxeln, ließ ihn erschaudern.

»Ich hab kein gutes Gefühl bei der Sache.« Vicky versuchte angestrengt, Mithat irgendwo im Wasserfall zu entdecken. Panisch suchten ihre Augen die Pflanzen, Felsen und Wassermassen ab. Mithat war einfach nicht mehr zu sehen.

Plötzlich hörten sie ein heftiges Knacken. Im selben Moment rutschte irgendetwas vom obersten Felsen ab.

Durch das sprudelnde Wasser konnte man jedoch nicht erkennen, was es war. Mit lautem Rascheln krachte es durch das Geäst, rutschte durch die Schlingpflanzen und kam anschließend mit einem lauten Platscher unten im Wasser auf. Kurz darauf segelte eine rote Baseballmütze herunter.

»Oh nein, Mithat!«, schrie Vicky und rannte an den Fuß des Wasserfalls.

Flora wurde es vor Schreck schwarz vor Augen, und Magnus konnte sie im letzten Moment abstützen, sonst wäre sie einfach wie ein nasser Sack umgefallen. Ängstlich blickte er Vicky hinterher und sein Herz schlug ihm bis zum Hals. Das alles war wirklich ein Albtraum.

Vicky fischte die Mütze aus dem Wasser und dann sah sie etwas Großes, Dunkles im Wasser treiben. Sie spürte, wie ihr die Tränen in die Augen schossen und ihre Knie weich wurden. Mit verschwommenem Blick stapfte sie panisch durchs Wasser. Sie atmete tief durch und drehte das dunkle Etwas mit zittrigen Knien um.

Doch es war nicht Mithat, sondern zum Glück nur ein dicker Ast, der sich vom Rand des Felsens gelöst haben musste. Erleichtert schloss sie die Augen. Sie war fix und fertig.

Mithat war in der Zwischenzeit oben angekommen. Seine Arme waren kraftlos und er zitterte am ganzen Körper. Er stapfte durch einen kleinen Fluss, der links und rechts von Betonwänden eingefasst war. Ungefähr zwei Meter über ihm befand sich ein Geländer. Mit letzter Kraft setzte er zu einem Sprung an und stieß sich dabei noch von der Betonwand ab. Er bekam das Geländer zu greifen und hievte seinen nassen Körper keuchend mit einem Klimmzug in die Höhe. Er hatte es geschafft. Doch wo befand er sich nun? Er versuchte sich zu orientieren und folgte schließlich einem Weg, der von tropischen Pflanzen umgeben war und der ihn an den Eingangsbereich des *Aqua-Labyrinths* erinnerte. Als er schließlich den Teich mit den Kois erreichte, atmete er erleichtert auf. Er rannte schnurstracks in ein Restaurant, in dessen Innerem er eine Gruppe Menschen sitzen sah.

»Das wird ein Nachspiel haben, das garantiere ich Ihnen!«, schnaubte Magnus' Vater wütend. Die Parkmitarbeiterin, die ihm gegenübersaß, konnte das Geschimpfe nur hilflos über sich ergehen lassen. Floras Mutter war mit den Nerven am Ende und auch die anderen Erwachsenen machten sich große Sorgen. Als die technischen Probleme im *Aqua-Labyrinth* eingetreten waren und die Kinder von den Überwachungskameras nicht mehr erfasst werden konnten, waren die Eltern sofort alarmiert worden. Seitdem saßen sie in dem Restaurant, das sich direkt neben dem *Aqua-Labyrinth* befand, und warteten auf Neuigkeiten.

Als Mithat schließlich den Raum betrat, brach seine Mutter in Freudenschreie aus. Die anderen Elternteile erkundigten sich natürlich sofort nach ihren Kindern, und ihnen fiel ebenfalls ein riesiger Stein vom Herzen, als sie von Mithat hörten, dass es ihnen gut ging.

Mithilfe eines Funkgerätes informierte eine Mitarbeiterin Carla Bernardo, die schon seit über einer Stunde im Labyrinth nach den Kindern suchte. Sie hatte sich nach dem Ausfall der Technik sofort auf den Weg gemacht und war zu der Stelle geeilt, an der die vier das letzte Mal von den Kameras gesichtet worden waren. Dass sich die Kinder dann auf eigene Faust befreien wollten, war zwar verständlich, erschwerte die Suche aber enorm. Das Labyrinth war schließlich riesig.

Mithat hatte Carla Bernardo über Funk ganz genau erklärt, wo sich Magnus, Flora und Vicky aufhielten. Er saß nun mit seiner Mutter in einer ruhigen Ecke des Restaurants und wärmte sich – eingehüllt in Decken – mit einem heißen Kakao auf. Obwohl es draußen angenehm warm war, fror er wie im tiefsten Winter.

Tina und Hardy hatten sich nach Mithats Auftauchen sofort auf den Weg gemacht, um die Rettung der anderen drei zu filmen. Nach zwei Tassen Kamillentee war Hardys Übelkeit überstanden und er war wieder einsatzbereit. Auch wenn der Werbefilm aufgrund der vielen Pannen geplatzt war, wollte Tina doch wenigstens noch bei der dramatischen Rettungsaktion dabei sein.

Dank Mithats exakter Beschreibung hatte Carla Bernardo Magnus, Flora und Vicky schnell finden können. Mit der Hilfe einiger Techniker konnte zumindest der Kettenantrieb an der Rampe, an der sich das Baumstammboot der Kinder befand, wieder zum Laufen gebracht werden. Das Boot wurde zusätzlich mit dicken Seilen gesichert und schließlich mitsamt den Kindern und der Parkbesitzerin in die Freiheit gezogen.

Nach einer gefühlten Ewigkeit kam Carla Bernardo schließlich gefolgt von Magnus, Flora und Vicky ins Restaurant. Überglücklich schlossen die Eltern ihre Kinder in die Arme und Tränen der Freude flossen in Strömen.

»Wo ist Mithat?«, wollte Vicky schließlich wissen. Sie entdeckte ihn eingepackt in den Decken und rannte zu ihm. Auch Magnus und Flora rissen sich von ihren Eltern los und eilten hinterher.

»Du hast es tatsächlich geschafft!«, sagte Vicky mit Tränen in den Augen. »Für einen Moment haben wir geglaubt, dass du abgestürzt bist.«

Flora, die immer noch ziemlich blass um die Nase

war, brachte es schließlich auf den Punkt: »Du bist echt unser Held!«

Magnus sah Mithat anerkennend an. »Du bist zwar ein Freak, aber ein ziemlich cooler… danke!« Dann wandte er sich an Vicky. »Sorry, dass ich heute so viel Mist geredet habe. Mir platzt das manchmal einfach so raus. Dabei finde ich es ehrlich gesagt ziemlich krass, wie viel du weißt!«

»Tja, man nennt mich nicht umsonst Vicky-Pedia!«, entgegnete sie und gab Magnus grinsend einen Klaps auf die Schulter. »Und ohne deine Sprüche wäre es doch ein ziemlich langweiliger Tag geworden!«

Lachend lagen sich die vier Kinder in den Armen und all die Angst und Anspannung fielen von ihnen ab. Sie hatten es tatsächlich gemeinsam geschafft, aus dem schrecklichen Labyrinth zu entkommen.

»Ich will auch so eine heiße Schokolade!«, sagte Flora schließlich, als ihr der Kakaoduft von Mithats Tasse in die Nase gestiegen war.

»Oh ja, ich auch!«, stimmte Vicky ihr zu.

Kurz darauf wurden die Kinder von den Restaurantmitarbeitern fürstlich mit heißer Schokolade, Kuchen, Pommes und Cola versorgt.

Dass ihre Eltern hitzig mit Carla Bernardo diskutierten, interessierte sie gar nicht. Sie waren einfach nur froh, nicht mehr in dem Labyrinth gefangen zu sein.

Die Parkinhaberin redete sich um Kopf und Kragen. Sie konnte sich die Zwischenfälle einfach nicht erklären. Magnus' Vater drohte mit seinem Anwalt und auch die anderen Eltern waren stinksauer.

Am Tisch nebenan begutachteten Tina und Hardy währenddessen ihre Aufnahmen.

»Ich werde dafür sorgen, dass dieser Park geschlossen wird, bevor er überhaupt eröffnet wurde!«, hörten sie Magnus' Vater brüllen, als sie auf dem kleinen Display der Kamera eine Szene sahen, die ihnen den Atem verschlug.

»Das müssen Sie sich anschauen!«, unterbrach Tina die Diskussion der Eltern. »Ich denke, wir haben hier die Erklärung für all die Zwischenfälle!«

## *Kapitel 15*

# Genug Abenteuer?

»Ich fasse es nicht!«, sagte Carla Bernardo empört und schob ihr Gesicht noch näher an das Kameradisplay. Die Aufnahmen zeigten eine vermummte Gestalt, die sich an der Technik des *Speed-Coasters* zu schaffen machte.

»Das Video ist zufällig entstanden, als ich nach dem *Adventure-Rock* die Kamera gewechselt und ein paar Probeaufnahmen gemacht habe«, sagte Hardy und zoomte den Täter noch etwas näher heran. »Die wichtigste Szene kommt jetzt.«

Für einen kurzen Moment nahm die Person auf dem Display das schwarze Tuch ab, mit dem sie sich das Gesicht verdeckt hatte, um sich anschließend die Nase zu schnäuzen.

»Das … das ist doch Peter Hochthaler!« Carla Bernardo wäre vor Schreck fast umgefallen.

»Wer um alles in der Welt ist Peter Hochthaler?«, wollte Magnus' Vater wissen, der sich in der Zwischenzeit etwas beruhigt hatte.

»Das ist der Inhaber des Fantasy-Funparks!« Carla

Bernardo rieb sich ungläubig die Augen. »Können Sie das noch näher heranzoomen?«

Hardy spulte kurz zurück und vergrößerte das Bild erneut. Die Aufnahme wurde nun zwar etwas pixelig, aber es bestand für Carla Bernardo kein Zweifel. Peter Hochthaler, ihr größter Konkurrent, hatte ganz offensichtlich die Megaworld sabotiert!

»Dann rufen wir jetzt am besten die Polizei«, sagte Magnus' Vater und zückte sein Smartphone.

Magnus, Flora, Mithat und Vicky hatten zwar für heute wirklich genug von der Megaworld, mussten aber noch eine Weile bleiben, um der Polizei ein paar Fragen zu beantworten. Einen Vorfall wie diesen hatten die Polizisten noch nie erlebt. Manipulationen in Freizeitparks gehörten nun wirklich nicht zur Tagesordnung.

Anschließend hatte Carla Bernardo darauf bestanden, dass sie ihre Gutscheine im Megaworld-Shop einlösten. Voll bepackt mit T-Rex-Plüschfiguren, T-Shirts mit der Aufschrift *Adventure-Rock* und Trinkflaschen mit Megaworld-Logo verließen die vier den Laden. Um die Fanartikel des *Aqua-Labyrinths* hatten sie jedoch einen großen Bogen gemacht.

Die kleine Shopping-Tour war eine schöne Ablenkung von den Strapazen der letzten Stunden. Vor allem Flora sah nun längst nicht mehr so blass aus. Die heiße

Schokolade hatte offensichtlich Wunder gewirkt. Dennoch machten sich die vier Kinder mit einem eigenartigen Gefühl im Bauch auf den Weg zum Parkausgang. Als sie am Vormittag in der Megaworld angekommen waren, kannten sie einander noch nicht. Doch nun, da sie gemeinsam das Abenteuer ihres Lebens bestritten hatten, fühlte es sich so an, als wären sie schon ewig befreundet. Es war wirklich unglaublich, was sie gemeinsam erreicht hatten, und jeder von ihnen hatte seinen Teil dazu beigetragen.

»Was wird eigentlich aus dem Werbevideo?«, wollte Vicky wissen, als sie sich von Tina und Hardy verabschiedeten.

»Tja, daraus wird wohl erst mal gar nichts«, sagte Hardy. »Aber schaltet später mal den Fernseher ein. Tina hat mit einer Nachrichtenagentur gesprochen. Einige der Aufnahmen werden heute Abend in den Nachrichten zu sehen sein – die Park-Sabotage und eure Rettungsaktion werden als Top-News des Tages gehandelt!«

»Wow, dann werde ich ja Fernsehstar«, jubelte Magnus.

»Nicht, wenn sie deinen mickrigen Torschuss zeigen!«, scherzte Mithat.

»Hey, unser schüchterner Held des Tages hat auch mal 'nen lockeren Spruch auf Lager!«, entgegnete Magnus und streckte Mithat seine Hand zur Getto-Faust entgegen. Er hatte heute wirklich gelernt, dass man Menschen ziemlich unrecht tun kann, wenn man sie nur nach ihrem Äußeren beurteilt.

»Ihr seid beide Freaks«, sagte Flora und verdrehte lächelnd die Augen. »Aber es war trotzdem genial, euch kennenzulernen!«

Bevor sie mit ihren Eltern den Park verließen, überreichte ihnen Carla Bernardo noch einen Umschlag. Die Enttäuschung über den misslungenen Tag in der Megaworld war ihr immer noch anzusehen, auch wenn sie für die Pannen gar nichts konnte.

»Was ist da drin?«, fragte Magnus.

»In dem Umschlag befinden sich vier goldene Megaworld-Karten. Mit diesen habt ihr lebenslang freien Eintritt in den Park.«

Magnus, Flora, Mithat und Vicky sahen Carla Bernardo überrascht an.

»Ich kann mir vorstellen, dass ihr erst mal genug Abenteuer hattet. Aber es wäre mir eine Ehre, euch hin und wieder in der Megaworld begrüßen zu dürfen. Die offizielle Eröffnung werde ich jedoch noch mal um einen Monat verschieben. Ich möchte ganz sichergehen, dass alle Probleme beseitigt sind, bevor der Park für alle Gäste seine Pforten öffnet.«

Magnus, Flora, Mithat und Vicky sahen einander an.

»Habt ihr in einem Monat schon was vor?«, fragte Magnus.

»Das Gleiche wollte ich auch gerade fragen!«, sagte Vicky, und die vier Kinder fingen schallend an zu lachen.

# Quiz zum Buch

Wie gut, dass Mithat Hilfe holen konnte und so auch Flora, Vicky und Magnus aus der Wildwasserbahn gerettet wurden. Hast du Lust, dein Wissen über die Geschichte zu testen und mit ein bisschen Glück tolle Preise für dich und deine Klasse zu gewinnen? Dann ist das Quiz auf den nächsten Seiten bestimmt das Richtige für dich.

**Die Preise**

1. Preis:
Ein eintägiger Ausflug mit der ganzen Klasse ins TV-Studio zur Aufzeichnung der ZDF-Kinderquizshow »1, 2 oder 3« in die Bavaria Filmstadt bei München.

2. – 10. Preis:
Je ein Jahresabonnement der Zeitschrift Stafette, des spannenden Magazins für schlaue Kids, sowie ein Buchpaket für die Klassenbibliothek.

11. – 15. Preis:
Briefpapier-Sets und ein Buchpaket für die Klassenbibliothek.

Deutsche Post

Bei allen Preisen handelt es sich um Klassenpreise.

**So findest du den Lösungssatz:** Trage jeweils den Buchstaben, der vor der richtigen Antwort steht, auf den Strich mit der entsprechenden Nummer ein. Der Buchstabe zur Frage 1 kommt also zum Beispiel auf den Strich mit der Nummer 1. Wenn du dir bei einer Antwort unsicher bist, kannst du natürlich zurückblättern und noch einmal nachlesen.

Wohin du den Lösungssatz schicken musst, steht am Ende des Quiz auf Seite 120. Unter allen Einsendungen mit dem richtigen Lösungssatz ziehen wir 15 Gewinner.

Wir drücken dir die Daumen, dass du unter den glücklichen Gewinnern bist, und wünschen dir viel Freude beim Rätseln!

1. Wen hat Mithat als erwachsene Begleitperson in der Megaworld dabei?
   K) Seinen Onkel
   L) Seine Mutter
   H) Seinen Vater
   R) Seine große Schwester

2. Was überreicht Carla Bernardo den vier Kindern zu Beginn außer einem Lageplan?
   W) 4 Kugelschreiber mit Megaworld-Logo
   G) 4 Schlüsselanhänger mit Megaworld-Logo
   S) 4 knallrote Baseballmützen mit Megaworld-Logo
   T) 4 knallrote Turnbeutel mit Megaworld-Logo

3. Worum handelt es sich beim *Magic-Mystery*?
   R) Um eine Geisterbahn
   P) Um ein 5-D-Kino
   B) Um ein begehbares 4-D-Kino
   M) Um eine Achterbahn

4. Wie heißen die Reporterin und der Kameramann, die die vier Kinder begleiten?
   U) Tina und Harry
   E) Tanja und Hardy
   I) Tanja und Harry
   A) Tina und Hardy

5. Was bestellt Magnus im Burger-Restaurant?

G) Hamburger
T) Cheeseburger
S) Veggie-Burger
V) Chicken-Nuggets

6. Wie schnell ist der *Speed-Coaster*?

D) 130 km/h
R) 150 km/h
F) 200 km/h
K) 220 km/h

7. Was ist das Highlight der Megaworld?

P) *Adventure-Rock*
L) *Aqua-Labyrinth*
G) *Speed-Coaster*
S) *T-Rex-Ride*

8. Was kommt im *Aqua-Labyrinth* von der Decke?

R) Spinne
H) Ratte
T) Eule
B) Käfer

9. Wer ist für die ganzen Probleme in der Megaworld verantwortlich?
   F) Carla Bernardo, die Inhaberin der Megaworld
   D) Peter Hochthaler, der Inhaber des Fantasy-Funparks
   N) Eine Restaurant-Mitarbeiterin der Megaworld
   V) Der Vater von Magnus

**Lösungssatz:**
Was machen die vier Kinder, um das Boot zu bewegen, als der Strom im *Aqua-Labyrinth* ausfällt?

Sie _ö_en das _ oot von der _n_riebs_ette und versuchen,
1 2 3 4 5 6

aus dem _abyrinth zu _u_ern.
7 8 9

**Hast du den Lösungssatz gefunden?**
Dann sende ihn bitte **mit Angabe deiner Schuladresse und Klassenstufe** an:
Stiftung Lesen
*Welttag des Buches*-Quiz
Römerwall 40
55131 Mainz

**WICHTIG:**

Einsendeschluss für das Quiz ist Dienstag, der 9. Juni 2020. Einsendungen sind nur postalisch möglich. Die Gewinner werden unter allen richtigen Einsendungen ausgelost. Der Rechtsweg ist ausgeschlossen. Die Lösung sowie die Gewinner (nur mit Angabe der Klassenstufe und Schuladresse) werden ab Mitte Juni auf unserer Internetseite **www.welttag-des-buches.de** veröffentlicht. Da sich am *Welttag des Buches*-Quiz jedes Jahr sehr viele Schülerinnen und Schüler beteiligen, können wir nur die Gewinner schriftlich benachrichtigen.

# Aktionen zum Buch

Beim großen **Schreib- und Kreativwettbewerb der Stiftung Lesen und der Deutschen Post** hast du alleine oder gemeinsam mit deiner Klasse die Möglichkeit, der eigenen Fantasie freien Lauf zu lassen. Dabei gibt es dann auch noch tolle Preise, wie zum Beispiel einen spannenden Tagesausflug, zu gewinnen. Die genaue Aufgabenstellung und alle Informationen dazu erfährst du von deiner Lehrerin oder deinem Lehrer und auf der Internetseite **www.welttag-des-buches.de**. Dort wird dann auch eine Auswahl der kreativsten Einsendungen präsentiert.

Weiteren Rätselspaß bieten dir viele Buchhandlungen vor Ort: Bei einer Schnitzeljagd zum Welttag des Buches kannst du probieren, die kniffligen Aufgaben rund um das diesjährige Welttagsbuch zu lösen. Wenn dir das gelingt, kannst du bei deiner teilnehmenden Buchhandlung bei einer Verlosung mitmachen und mit etwas Glück neuen Lesestoff gewinnen.

Rund um den Welttag des Buches am 23. April beschäftigen sich viele Kindersendungen des ZDF mit Büchern und Lesen. Schau doch mal rein, auch auf **www.zdftivi.de** und in der ZDFtivi-App.

Wir wünschen dir viel Spaß bei allen Aktionen zum Welttag des Buches – beim Rätseln, Schreiben, Basteln und vor allem beim Lesen!

SVEN GERHARDT

# ABENTEUER IN DER MEGAWORLD

als Comic

von Timo Grubing

Magnus und drei andere Kinder freuen sich. Sie haben bei einem Preisausschreiben gewonnen.

Alle drei haben einen Brief von der **Megaworld** bekommen. Bald lernen sich die drei Gewinner kennen.

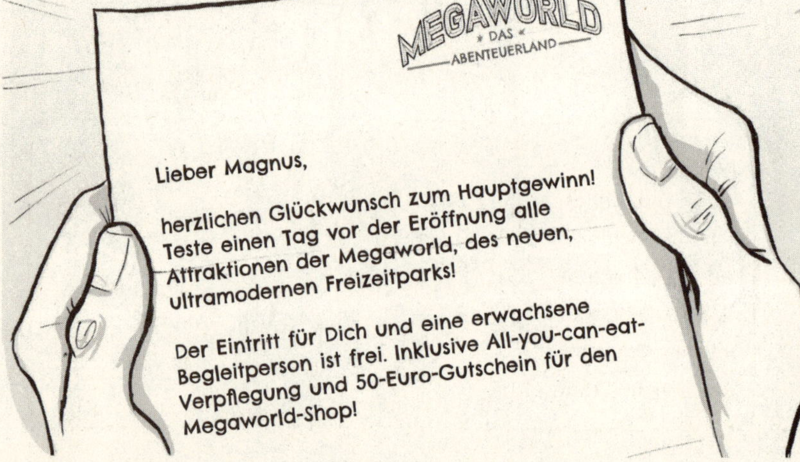

MEGAWORLD
DAS
ABENTEUERLAND

Lieber Magnus,

herzlichen Glückwunsch zum Hauptgewinn! Teste einen Tag vor der Eröffnung alle Attraktionen der Megaworld, des neuen, ultramodernen Freizeitparks!

Der Eintritt für Dich und eine erwachsene Begleitperson ist frei. Inklusive All-you-can-eat-Verpflegung und 50-Euro-Gutschein für den Megaworld-Shop!

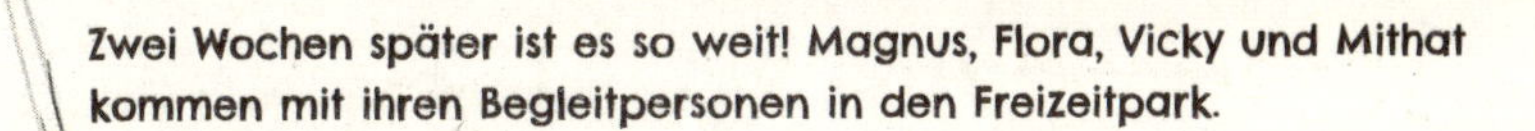


Herzlich willkommen in der **Megaworld!** Ich bin Carla Bernardo und begrüße euch in meinem supermodernen Freizeitpark mit den besten Attraktionen im ganzen Land!

Magnus, Flora, Vicky und Mithat schauen sich an. Sie freuen sich auf den Freizeitpark, müssen sich aber erst kennenlernen.

Tina und Hardy filmen die Erlebnisse der Kinder. Der Film wird dann als Werbung für die **Megaworld** im Internet gezeigt.

Carla Bernardo zieht eine Fernbedienung aus ihrer Hosentasche und drückt auf einen roten Knopf.

Laute Musik ertönt und gleichzeitig steigt künstlicher Nebel auf. Das schwere Eingangstor geht auf und endlich sieht man den Park.

Ein Feuerwerk explodiert über dem Park und die Kinder können die **Megaworld** endlich betreten.

Ich bin Vicky, und wie heißt ihr?
Ich bin Magnus.
Ich heiße Florentine, aber alle nennen mich Flora.
Mithat.
Magnus hatte gehofft, hier andere coole Jungs zu treffen. Aber Mithat ist einen Kopf kleiner als er und wirkt ziemlich schüchtern.
Ihr könnt alles ausprobieren! Der Park ist in vollem Betrieb. Jedes Café, jedes Restaurant, ja sogar jedes Toilettenhäuschen ist für euch geöffnet!
DINO Pub

Die Erwachsenen entdecken ein schickes Café.
Wollt ihr ohne uns los?
Le Café Exquisite
Klar, kein Problem!
Flora, Vicky und Mithat nicken.
Carla Bernardo gibt den Kindern Pläne des Parks und vier knallrote Baseballmützen mit Megaworld-Logo.

Mithat setzt sie als Einziger auf.
Steht dir ...
... nicht!
MW
MW

Die Kinder schauen sich den Lageplan an.

Das **Magic-Mystery** ist kein normales Kino, sondern ein begehbares 4-D-Kino. Der Eingangsbereich sieht aus wie der Sicherheitsbereich eines Flughafens.

Eine weitere Tür öffnet sich und die Kinder steigen auf ein Förderband. Riesige Bildschirme zeigen einen zauberhaften Wald. Von allen Seiten hört man mysteriöse Geräusche.

Plötzlich tauchen Fabelwesen auf, die ganz echt aussehen und auf die Kinder zukommen.
Krasse Sache! Und das ganz ohne 3-D-Brille!
Auch Reporterin Tina und Kameramann Hardy sind begeistert.
Hast du alles drauf?
Plötzlich springt ein Einhorn über Hardys Kopf und er stolpert vor Schreck.

Dann spricht Lumina wieder.
Und nun erreichen wir mein Zauberschloss!
Och nö! Nicht so ein Prinzessinnen-Kram!
Hi Hi
Flora lacht. Magnus hat immer einen blöden Spruch auf Lager.
Prinzessinnen gibt es hier nicht, aber …
… Feuervögel!
Der Raum wird dunkel und plötzlich fliegen tausend leuchtende Vögel durch die Luft. Die Kinder halten schnell die Hände über den Kopf.

Und dann sind die Vögel wieder weg.
Wow! Das waren bestimmt Hologramme. Eine perfekte optische Täuschung.
Die nächste Station von Magic-Mystery ist eine Märchenlandschaft mit Feen und Elfen.
Danach ist die Reise zu Ende.
Ich hoffe, meine Welt hat euch gefallen. Lebt wohl und bleibt fantasievoll!
Das war gar nicht schlecht, oder, Rotkäppchen?
Typen wie Magnus kann Mithat nicht leiden.

Vicky schaut auf den Lageplan.
MEGAWORLD
WC
Da hinten geht's zum Water-Boost.
Das ist ein 30 Meter hoher Free-Fall-Tower!
Na, dann los!
Der Water-Boost ist riesig und die Kinder blicken staunend nach oben.
WATER BOOST
Oje, ich weiß nicht, ob ich da mitkomme.
Ach, ist bestimmt nicht schlimm.

Vicky ist anderer Meinung. Sie rechnet ...
Das Ding beschleunigt von 0 auf 90 km/h. In weniger als 2,5 Sekunden klatschen wir von ganz oben nach unten ins Wasser.
Die Kinder setzen sich in die U-Boot-Kapsel.
Tina und Hardy bereiten alles fürs Filmen vor.
Bekommst du alles drauf?
Nicht ganz. Ich muss noch ein paar Meter zurück.
UAH!
Tina ist genervt. Wie soll sie mit diesem tollpatschigen Typ einen guten Film machen?

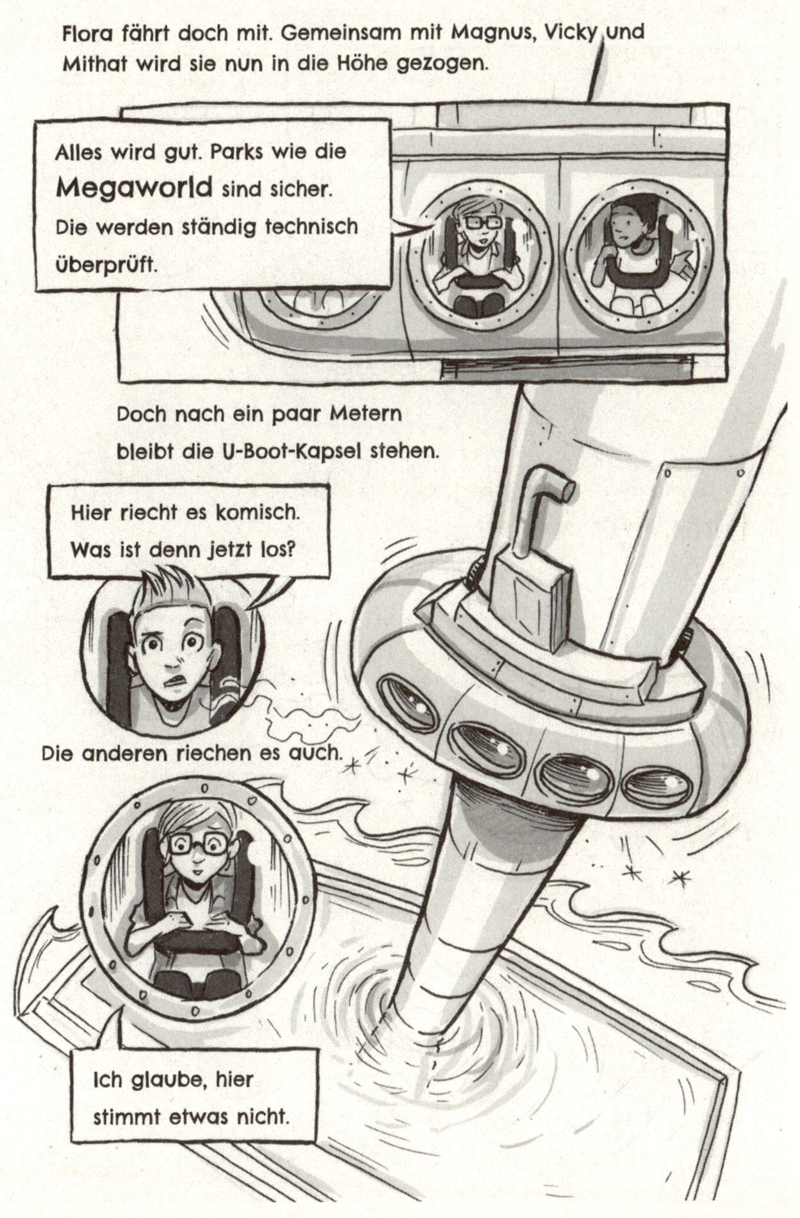
Flora fährt doch mit. Gemeinsam mit Magnus, Vicky und Mithat wird sie nun in die Höhe gezogen.
Alles wird gut. Parks wie die Megaworld sind sicher. Die werden ständig technisch überprüft.
Doch nach ein paar Metern bleibt die U-Boot-Kapsel stehen.
Hier riecht es komisch. Was ist denn jetzt los?
Die anderen riechen es auch.
Ich glaube, hier stimmt etwas nicht.

Ein Alarm ertönt. Plötzlich rutscht die Kapsel ganz langsam wieder nach unten.
Na, Free-Fall ist das aber nicht!
Flora ist froh.
PUH
Als die Kinder aus der U-Boot-Kapsel steigen, taucht Carla Bernardo auf.
Die Zentrale hat einen technischen Fehler gemeldet! Ich hoffe, es geht euch gut?
Carla Bernardo kümmert sich sofort um das Problem.

Die Kinder gehen zur **Indoor-Sports-World**.

Flora und Vicky haben Hunger. Sie finden ein Burger-Restaurant, bei dem man die Bestellungen über einen Tablet-PC am Tisch macht.

Mithat lässt sich von Magnus nicht ärgern.

Magnus guckt genervt.

Plötzlich kommt ein schrecklich lautes Geräusch aus den Lautsprechern.

Wir haben hier ein Problem, Frau Bernardo!
Als das Geräusch aufhört, sieht Magnus eine Softeis-Maschine.
SOFT EIS
Wollt ihr einen leckeren Nachtisch?

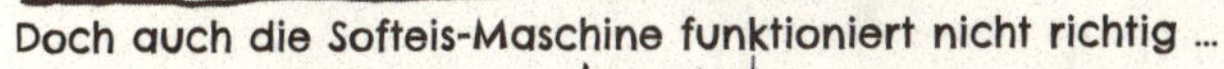
Doch auch die Softeis-Maschine funktioniert nicht richtig …

Iiiih!
Die kalte Vanillemasse landet nicht in Floras Waffel, sondern in ihrem Gesicht!

Nach dem Chaos im Restaurant machen sich die vier auf den Weg zur nächsten Attraktion: dem T-REX-RIDE.
Das ist eine Virtual-Reality-Achterbahn!
Hoffentlich geht diesmal alles gut ...
Die Kinder bekommen eine Virtual-Reality-Brille und setzen sich in die Achterbahn.
Die Fahrt geht los. Sie rasen durch eine tropische Landschaft, direkt auf einen Vulkan zu.
Gleich kommt der T-Rex!

Doch schon nach wenigen Minuten werden die Bildschirme der VR-Brillen schwarz. Wieder ein technischer Defekt.
Carla Bernardo taucht wieder auf.
Sie ist sehr enttäuscht.
Das ist mir furchtbar peinlich! Bei den letzten Tests hat alles funktioniert.
Hoffentlich gibt es nicht noch mehr Probleme!
Ganz bestimmt nicht. Ihr müsst unbedingt den Adventure-Rock ausprobieren!
Wenn Sie meinen …

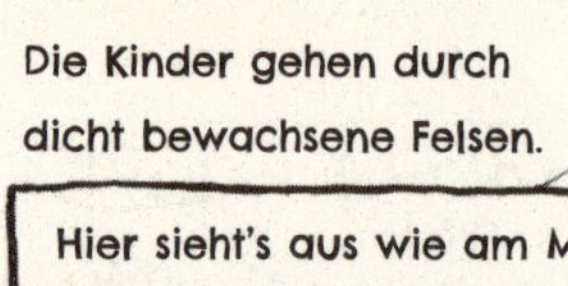

Die Kinder gehen durch dicht bewachsene Felsen.

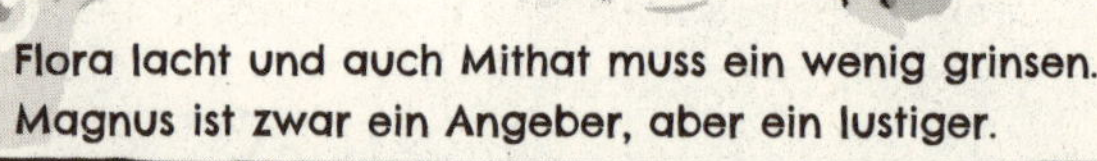

Flora lacht und auch Mithat muss ein wenig grinsen. Magnus ist zwar ein Angeber, aber ein lustiger.

Der **Adventure-Rock** macht riesigen Spaß. Die Kinder turnen durch einen Kletterpark mit coolen Licht- und Soundeffekten. Natürlich sind sie mit Gurten gesichert.

Dann brauchen alle eine Pause.

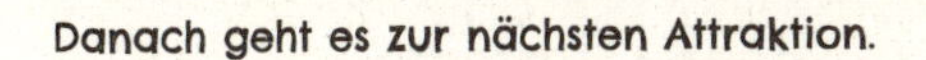
Danach geht es zur nächsten Attraktion.

Der Speed-Coaster ist die zweitschnellste Achterbahn der Welt. Bis zu 220 km/h schnell!

Die Kinder setzen sich in einen Wagen. Tina und Hardy sitzen direkt im Wagen dahinter. Mit einer Helmkamera will Hardy coole Actionbilder machen.
Ready, steady ...

GO!
Wie bei einem Raketenstart werden Magnus, Flora, Vicky und Mithat in die Sitze gepresst.
UAHHHHHHHHHH
AHH!

Runde für Runde zischt der Speed-Coaster über die Schienen. Aber die Bahn hört gar nicht mehr auf. Sie lässt sich nicht stoppen!
Mir wird schlecht! Ich glaub, ich muss ko…
HUÄHG
Haltet dieses Mistding an!
Endlich – die Achterbahn wird langsamer und bleibt stehen.
Tut mir echt leid! Ich konnte die Achterbahn nicht bremsen. Das System hat nicht reagiert.

Und wieder ist Carla Bernardo da.
Ihr Park ist eine Gefahr für die Menschheit!
Mein Kameramann ist fix und fertig!
Carla Bernardo entschuldigt sich tausendmal und spricht mit den Kindern.
AQUA Labyrinth
Bitte, gebt dem Aqua-Labyrinth eine Chance! Die Attraktion ist mein Lebenswerk. Das wird das Abenteuer eures Lebens!
Was denkt ihr?
Also gut.
Die anderen stimmen auch zu.

Das **Aqua-Labyrinth** liegt ganz am Ende der Megaworld. Hier wachsen viele tropische Pflanzen und es gibt schöne Wasserfälle.

Legt eure Gurte an und verlasst auf keinen Fall das Boot! Im Aqua-Labyrinth gibt es überall Gefahren!
Ein Parkmitarbeiter erklärt den Kindern die Steuerung des Boots.
An jeder Kreuzung könnt ihr entscheiden, in welche Richtung ihr abbiegen wollt.
L
R
Endlich beginnt die Fahrt. Das kleine Boot rauscht durch ein riesiges Haifischmaul in einen Wasserfall.
OHHHHHH

An einer Kreuzung kommt es zum Streit. Magnus entscheidet alleine, in welche Richtung sie weiterfahren.
Tja, Leute, ich bin der Kapitän!
Das Labyrinth steckt voller Überraschungen.
Die Fahrt geht durch ... glühende Lava ...
... stürmische Meere ...
... dunkle Gänge.
Iiiiiiih! Eine riesige Spinne!
Plötzlich wird es stockdunkel und das Boot fährt nicht mehr weiter.

Los, du Schrottding, fahr weiter!
Doch nichts passiert.
Die Kinder sitzen fest.
Vermutlich schon wieder ein technisches Problem …
Die Kinder warten.
Doch Mithat hat eine Idee.
Wir lösen das Boot von der Schiene und rudern aus dem Labyrinth.
Es klappt. Vicky befestigt das Handy geschickt an ihrer Mütze und tauscht mit Magnus den Platz. Mithilfe von Stöcken bewegen sie das Boot durch die Gänge …
… direkt in einen gefährlichen Strudel!

Jetzt weiß auch Magnus keinen
coolen Spruch mehr.
Flora hat Angst.
Wann ist dieser Albtraum endlich vorbei?
Sie kommen zu einem Wasserfall.
Tageslicht scheint in den Gang.
Vielleicht kann ich hochklettern und Hilfe holen.
Das ist viel zu gefährlich!
Doch Mithat klettert
schon an Schlingpflanzen
und Ästen nach oben.

Die Eltern wurden auch informiert. Sie warten im Restaurant neben dem **Aqua-Labyrinth**.

Mithat! Ich bin so froh, dass dir nichts passiert ist!

Mithat erklärt, wo die anderen im Labyrinth sind.

Endlich sind die Kinder wieder zusammen.
Du bist echt unser Held!
Magnus' Vater ist sauer auf Carla Bernardo.
Sie hören von meinem Anwalt!
Ich weiß auch nicht, wie das passiert ist!
Wir schon!
Tina und Hardy zeigen Carla Bernardo eine Szene, die sie heute zufällig gefilmt haben. Jemand bedient die Technik des Speed-Coasters.
Ich glaube es nicht! Das … das ist doch Peter Hochthaler, der Inhaber des Fantasy-Funparks!
Carla Bernardos größter Konkurrent ist für die ganzen Probleme verantwortlich.

Die offizielle Eröffnung des Parks wird um einen Monat verschoben.

Carla Bernardo entschuldigt sich bei den Kindern.

Jeder von euch bekommt die goldene **Megaworld**-Karte. Damit habt ihr für immer freien Eintritt!

Obwohl die Kinder für heute genug von der **Megaworld** haben, sagen sie gleichzeitig:

Habt ihr in einem Monat schon was vor?

HAHAH

**ENDE**

© Cornelia Gerhardt

## DER AUTOR

Sven Gerhardt, 1977 in Marburg geboren, ist verheiratet und hat drei Kinder. Um ein Haar wäre er Grundschullehrer geworden, hat sich dann aber doch dazu entschlossen, sein Hobby zum Beruf zu machen. Nach einigen Jahren in der Werbebranche arbeitet er mittlerweile als Grafiker und Autor in der Verlagswelt. Mit den Abenteuern rund um die »Heuhaufen-Halunken« hat er es auf die Kinderbuch-Bestsellerliste geschafft.

© privat

## DER ILLUSTRATOR

Timo Grubing, geboren 1981, studierte Illustration an der FH Münster und lebt seit seinem Diplom 2007 wieder in seiner Geburtsstadt Bochum. Als freier Illustrator ist er in den verschiedensten Bereichen tätig: Er bebildert Kinder- und Schulbücher, Spiele und Comics und arbeitet regelmäßig für Magazine und Agenturen.

Sven Gerhardt

# DIE HEUHAUFEN-HALUNKEN

Die Heuhaufen-Halunken

Band 1, 160 Seiten,
ISBN 978-3-570-17389-3

Die Heuhaufen-Halunken – Volle Faust aufs Hühnerauge
Band 2, 160 Seiten,
ISBN 978-3-570-17419-7

Die Heuhaufen-Halunken – Gülleduft und Großstadtmief
Band 3, 160 Seiten,
ISBN 978-3-570-17505-7

Die Heuhaufen-Halunken – Rache ist Süßkram
Band 4, 160 Seiten,
ISBN 978-3-570-17581-1

**Witzige Bandenabenteuer mit Bullerbü-Feeling**

Die Heuhaufen-Halunken, das sind Meggy, ihr Bruder Schorsch, Knolle, Alfons, Marius und die kleine Lotte.
Sie haben es faustdick hinter den Ohren und schmieden in ihrem Bandenquartier in der alten Scheune jede Menge verrückter Halunken-Pläne.
Vor allem aber können sie sich immer aufeinander verlassen, denn dafür sind beste Freunde schließlich da!

10404_4

www.cbj-verlag.de

Sven Gerhardt

# Mister Marple und die Schnüfflerbande – Wo steckt Dackel Bruno?

160 Seiten, ISBN 978-3-570-17643-6

So ein Hamsterleben ist ganz schön langweilig: schlafen, fressen, wieder schlafen, wieder fressen. Doch Mister Marple weiß, dass er zu Großem bestimmt ist. Täglich macht er Klimmzüge an der Käfigstange, um sich für den Tag fit zu halten, an dem seine detektivischen Fähigkeiten zum Einsatz kommen. Nur Theo hat noch immer nicht kapiert, dass Mister Marple kein gewöhnlicher Hamster ist. Da trifft es sich ganz gut, dass eines Tages Elsa in Theos Leben poltert. Im Gegensatz zu Theo sprüht sie nur so vor Abenteuerlust. Und tatsächlich, es dauert nicht lange, da stecken Theo, Elsa und Mister Marple mitten in ihrem ersten Detektivfall: Dackel Bruno wird vermisst, und die Schnüfflerbande setzt alles daran, ihn wiederzufinden ...

10416

www.cbj-verlag.de